美丽山花

红日 融斌 著

广西教育出版社
·南宁·

图书在版编目（CIP）数据

美丽山花 / 红日，融斌著. -- 南宁 : 广西教育出版社，2021.7
ISBN 978-7-5435-8799-1

Ⅰ. ①美… Ⅱ. ①红… ②融… Ⅲ. ①报告文学-中国-当代 Ⅳ. ①I25

中国版本图书馆 CIP 数据核字(2021)第 139126 号

策划编辑：吴春霞　孙华明
责任编辑：孙华明　陆施豆
责任校对：陆嫆澄　谢桂清
装帧设计：李浩丽
责任技编：蒋　媛

出 版 人：石立民
出版发行：广西教育出版社
地　　址：广西南宁市鲤湾路 8 号　邮政编码：530022
电　　话：0771-5865797
本社网址：http://www.gxeph.com
电子信箱：gxeph@vip.163.com
印　　刷：广西壮族自治区地质印刷厂
开　　本：890mm×1240mm　1/32
印　　张：8.375
字　　数：180 千字
版　　次：2021 年 7 月第 1 版
印　　次：2021 年 7 月第 1 次印刷
书　　号：ISBN 978-7-5435-8799-1
定　　价：48.00 元

她们根植于贫瘠的土地

她们绽放在河之上山之巅

十九朵美丽的花儿

都有一个火红的名字：共产党员

——题记

目 录

第一章

第二章

第三章

第四章

弄从村
戈从村
弄呈村
江栋村
弄腾村
常怀村
六说村
下皇村
胜利村
武城村
健康村
茶油村
红
水
河
下和村
拿银社区
流水社区
大化瑶族自治县
古江社区
民生幸福家园

第一章

1. 我又回来了

2. 给牛劝架的人

3. 鞭炮为你燃放

4. 胜利村胜利了

5. 移民安置区的管家婆

6. 有事找我

7. 留守儿童长大后

1. 我又回来了

蓝芳灵拖着行李箱走出厂区宿舍，走向工厂的大门。行李箱底部的小轮子在她身后发出轻微的与地面摩擦的声音，预示着归途的不动声色。在门卫那里履行常规检查手续之后，她扭过头来，这个扭不是简单的扭，不是习惯动作或者规定动作或者自选动作，而是回望。回望她工作了两年的工厂，回望她的青春。她这两年的青春化作电冰箱生产过程中的每一套工序，被她日复一日循环往复地检验。合格的出厂，不合格的返工。远远的，一个帅哥在向她招手，朝她这个方向疾奔而来，是她工作岗位的组长。组长气喘吁吁地说道：“请你再确认一次，好吗？再确认一次。”蓝芳灵脸上是一种确认过的表情：“我已确认无误了。”说罢，头也不回地走出大门，这回头不再扭或者回望了。组长在她身后莫名其妙地嘟囔：那是怎样的一个官儿呢？啊！那是怎样的一个活儿呢？不可思议，简直不可思议。

确实有点不可思议。不仅她的组长感到不可思议，就连蓝芳灵自己也感到有点不可思议。她放弃电冰箱工厂不错的待遇，放弃大都市的生活，重新回到她那个偏僻的家乡，那个叫弄腾的地方。回来不是因为爱情，不是因为家庭，而是要竞争村委会副主任。村委会副主任，“那是怎样的一个官儿呢”？一句话概括不清楚，这么说吧，按照民间那个粗俗的比喻，从金字塔尖一溜儿排下来，到村委会主任这一级是第六级，就是个“犬调”（方言，最低的职位）。再加上一个“副”字，那就是“犬调”中的“犬调”了。而蓝芳灵却不这么认为，她认为这个“犬调”就是塔基。塔基就是基础。基础不牢，地动山摇啊。蓝芳灵的工友和老乡们也感到有点不可思议，大伙都在往外走，往大地方走；蓝芳灵却选择往里走，往回走，往山旮旯走。村委会副主任“那是怎样的一个活儿呢”？一句话也提炼不出来，按照山里人通俗的比喻，干的就是婆婆妈妈的事，干的就是家长里短尽让人挠脑袋的事。再粗俗一点的比喻，就是母鸡的角色，时不时冠儿挨叮背挨踩。蓝芳灵却满不在乎，不可思议也罢，不理解也行，她响应组织的召唤，做出这样一个决定，不是一时的心血来潮，而是经过了深思熟虑的。这从她后来一系列的规定动作和自选动作中得到了充分的验证。

2002 年 9 月，蓝芳灵 18 岁。瑶家有女初长成。蓝芳灵来到 70 多公里外的大化瑶族自治县民族中学读高中。这是她第一次离开家乡，第一次走出高高的大山。在父母满含期许的目光中，蓝芳灵暗下决心，从此一定要在真正意义上走出大山，走出家乡锅底状的弄场。她的家乡有很多村屯都是用“弄”来命名的，比如弄腾、弄呈、弄合、弄京、弄良、弄平、弄雄、弄石、弄哈、弄轩、弄兰、弄正、弄模、弄力、弄项、弄雷……她掰着手指就能数出一大串“弄”来。这个所谓的“弄”，就是四面环山的低洼地，打个比方，它就像农家一只铁锅的锅底。蓝芳灵所在的那个乡叫七百弄乡，实际上不止700个“弄”，而是1300多个“弄”。小时候蓝芳灵学会的第一首山歌是这样唱的：山高石头多，出门就爬坡，地无三尺平，神仙莫奈何。蓝芳灵发誓一定要通过读书改变命运，改变祖祖辈辈在石头缝中寻求生活资源的生活方式……3年的高中学习时光很快就过去了，结果蓝芳灵并没有考上理想的大学，她又回到弄腾来了，回到她的原点。走在长长的山路上，望着眼前深深的“锅底”和“锅底”里少得可怜的收成，伤心的泪水夺眶而出。当然，弄疼自己的不是家乡弄腾的贫瘠，而是自己的不争气。她觉得她辜负了父母的期盼，也背离了自己的初心。

高考落榜后的第二年7月，蓝芳灵再次走出弄腾。用她当初的话来讲，这次不是走出，而是逃离。她要逃得远远的。她来到了广东，要在这里寻找到属于自己的梦。她进入一家生产电冰箱的公司打工，当上了一名质检员。每天，她认真检验产品在生产过程中的所有工序，检测出厂的成品，对每一个检验环节进行记录，形成质检报告。刚开始很多质检员对这项工作还有新鲜感，充满无限的兴趣。日子久了，就渐渐对每天千篇一律的工作流程产生倦怠感，在异乡漂泊无依的日子里，暗自萌生归乡的念头。据组长透露，很少有质检员能坚持一年以上。蓝芳灵可不是这样，她格外珍惜手中的这份工作，每天都以饱满的热情和无限的激情投入工作中去，严格细致做好质检工作的每一个环节。蓝芳灵承认，她开始也时常在梦境里与家乡相遇，与家人相遇，但很快梦境里就与时俱进地出现了广东的街景和粤语，很快就随遇而安或者说入乡随俗了。蓝芳灵和很多打工者一样，都认为在外打工不可能是一辈子的事，打工也不是最终的梦想，但也不能否定打工是某一个梦想的起源或者阶梯。如果人生都是始于否定终于否定，那一切就毫无肯定可言，人生也就变得虚无缥缈，变得毫无意义。哲人说过，千里之行，始于足下。足下就是点点滴滴的小事，就是跬步，就是小流。不积跬步，无以至千里；不积小流，无以成江海。直到两年后的一天，蓝芳灵收到来自家乡的一封信，这封信让她改变初衷，放弃工厂的工作，返回弄腾。

信不是男朋友写的，也不是父母写的，信来自家乡弄腾村党支部。

信上这样写道：

蓝芳灵同志，得知你在广东工厂上班，工作顺利，我们都为你高兴。这些年来，村里有志青年都纷纷外出打工，通过劳务输出增加家庭收入，逐步提高生活水平，改变贫困落后面貌，我们始终举双手赞成。但是你们都外出打工了，也导致一个突出的问题，即村委干部后备力量薄弱，而在职的村干部也都年龄偏大。明年年初村“两委”将要换届，产生新一届的村“两委”班子成员。我们期盼弄腾村有志青年回到家乡，回报家乡，接受乡亲们的挑选。家乡现在还很贫穷，还很落后。俗话说得好啊，儿不嫌母丑，狗不嫌家贫。你不妨回来试试，或许，你能带领乡亲们闯出一条脱贫致富奔小康的路子来……

那一夜蓝芳灵失眠了，人生第一次失眠。高考落榜时没失眠过，收到爱人第一封情书没失眠过，收到这封信的那天夜里，蓝芳灵辗转反侧，无法入眠。她心里明白这是组织在召唤、父老乡亲在召唤。虽然她还不是组织上的人，但是组织上已称她为同志了。如果说当初她还是个懵懂的少年，她的出走是为了逃离，那么现在她已是一名成熟的青年，已经有了一些想法。这个想法就是青年人应该有所作为，有所担当，而回到家乡来为父老乡亲服务，就是最现实的作为、最实际的担当。

夜里，蓝芳灵给远在七百弄的男友韦忠令打电话。以往电话也打，但没有在深夜里打过。韦忠令没有跟她一起到广东打拼，而是在七百弄街上开了一家摩修店。蓝芳灵在电话里把组织上的信跟韦忠令说了，没想到韦忠令对此事了如指掌，他说村委会缺几个副主任。蓝芳灵向他表明了自己的态度，她决定回来。

韦忠令说："你是为了这个副主任回来的？"

蓝芳灵说："为了组织的信任。"

韦忠令说："村干部的工资你应该知道吧？"

蓝芳灵说："如果为了钱，我还不如待在广东。"

韦忠令说："你认为你回来能干出什么名堂来？"

蓝芳灵说："我心里有一些想法。"

韦忠令说："你都想好了吧？"

蓝芳灵说："想好了。"

韦忠令说："那就回来吧。"

蓝芳灵了解男友的性格，直来直去，一根肠子通到底。当初蓝芳灵决定去广东的时候，韦忠令就问了她一句“想好了吗”，蓝芳灵说想好了，韦忠令说那就去呗。现在要从广东回来，征求他意见，也就一句话，想好了就回来吧。这是韦忠令的态度，这个态度不是“不支持也不反对”，不是那种模棱两可，而是绝对的支持。尽管这种支持简明扼要，却是开诚布公、真心实意的。要是换作别人，绝对会认为她被人“放蛊”了，脑子进水了，要不回来竞争这个村委副主任干什么？回来干什么不好，偏偏要来干这个村干部？工资少得可怜不说，还要一天到晚受气，像一只可怜的母鸡，冠挨公鸡叮，背挨公鸡踩。再说你一个女将，有什么办法让乡亲们甩掉穷根，你以为你是王母娘娘啊！这穷山沟要“剥”（方言，面貌发生变化）早就“剥”了，还要等到今天等到你回来？！说到“剥”就说到了蓝芳灵的痛点，也是她的忧虑之处。有想法不等于胸有成竹。韦忠令安慰她说：“那就做好准备干一场呗，干得好就一路干下去。实在干不下去了，我这个摩修店也养得起你。”那时候蓝芳灵还没过门，两人的八字还没比对或者推敲，韦忠令已把话说得如此通透，相当于把蓝芳灵当作贫困户来“兜底”了。

汽车驶出大化县城，一路向北，进入都阳镇双福村一带，地势陡然一变，一座座高山像一道道天然屏障矗立在眼前。蓝芳灵望着窗外，弯弯曲曲的盘山公路如虬龙一般，绕着山腰盘旋而上，直至山顶。蓝芳灵推开车窗，家乡一下子变得鲜活真实，她喃喃自语道：七百弄，我又回来了。

这虬龙一般的盘山公路，就是闻名遐迩的七百弄八里九弯。爬上八里九弯，翻越山顶的坳口，就进入蓝芳灵家乡弄腾村的地界了。这里是大化瑶族自治县海拔最高的大石山区，有着全球罕见的典型的喀斯特地貌，山海浩瀚，石山连绵，峰峦叠嶂，山高弄深。“巨大的峰丛环抱一千多个或深或浅的锅底状洼地，像母亲怀抱一群嗷嗷待哺的孩儿……”读书时每次写作文写到家乡，蓝芳灵总是这样描述。这是她生长的地方，她曾经逃离现在又回归的地方。

汽车朝山里驶去，目所能及，皆是大山，山上鲜有大树，只有零碎的杂草匍匐着。偶有的灌木丛似乎在高调显示，这山还是有些生气的。公路下面的深弄浅洼，有的荒无人烟，有的散落几间木瓦房。山间那些“碗一块、瓢一块、丢个竹帽盖两块”的所谓耕地，长着稀稀疏疏的玉米，像是刚刚遭受一场龙卷风的袭击——这就是真实的家乡，也是蓝芳灵即将施展才干的舞台。舞台很简陋，简陋得近乎原始。当然，如果舞台很豪华，很时尚，有大明星压轴，自然就没有她这个丑小鸭出场的机会了。

那一年，蓝芳灵以见识广、口才好、点子多等优势，在几位竞争对手中脱颖而出，被弄腾村村民们推选为村委会副主任。然而甫一上任，她坐上一辆运送化肥的车子，差点在“仕途”中“抛锚”。

那天，县糖业公司送来了一车蔗农预订的化肥，要运到一个屯去。那个屯地处偏僻，通往屯里的是一条坑坑洼洼的机耕路，非常难走。为配合公司发放化肥，蓝芳灵亲自跟着车子进到屯里，并按照蔗农的预定计划，把所有的化肥发放完毕。正当蓝芳灵坐上货车要返回时，有个蔗农突然反悔，说没有钱，不要化肥了。这可把蓝芳灵整蒙了，怎么能这样呢，化肥运来了卸下了，怎能说不要就不要了！

蔗农丝毫不理会蓝芳灵的疑惑，只说自己没钱买化肥，除非免费送给他。

蓝芳灵彻底无语了。小时候见过耍赖皮的小孩，没想到大人也有耍赖皮的。

有群众悄悄地告诉蓝芳灵，这个蔗农为了省钱，决定不给甘蔗施肥，因此就反悔，要将化肥退回去。

蓝芳灵当场劝说这个蔗农，人要言而有信，预订的化肥都运送到家门口了，说不要就不要，不好吧，再说，种甘蔗不施肥，甘蔗能长得好吗？只有给甘蔗施肥了，甘蔗才会长得好，到时产量才会上去，不能为了节约几个钱因小失大。

蔗农对蓝芳灵的劝说充耳不闻，一再重复没钱买化肥，除非免费送给他。似乎除了这句话，就再也不会说别的话了。

看着蔗农油盐不进的样子，蓝芳灵也是很无奈。就在双方僵持不下时，糖业公司负责人打来电话说，不要就不要了，但要把化肥拉回来。

糖业公司负责人说得轻巧，蓝芳灵却遇到难题了。蔗农不要化肥了，他可以一走了之；自己呢，作为预订这批化肥的村干部，她得自掏腰包找人重新装车让司机运回。当时天色已晚，乌云压着山顶，也压在她心头上，她的眼前一片昏暗。之前找来帮忙卸车的群众已经离开，现场只有等着看热闹的村民。再去叫回帮忙卸车的群众，已来不及了，大雨即将倾盆而下。蓝芳灵求助现场看热闹的群众，他们缩着袖子没一个人站出来。没办法，她只好就近找来几个村民，承诺给他们双倍的装车费。

在那个山雨欲来风满楼的傍晚，在昏暗的暮色中，人们看见一个柔弱的女子和三个男子，两人一组，把堆在地上的一袋袋化肥抬上车。50斤装一袋化肥，对常年劳作的男人来说不算重，但对多年没干过重体力活的蓝芳灵来说却是严峻的考验。然而蓝芳灵这个自小在山里长大的女子，什么苦没吃过！她咬着牙，挤尽浑身的力气，和三个壮男子将一袋一袋化肥往车上搬。当最后一袋化肥被他们搬上车后，豆大的雨点急不可耐地噼里啪啦地落了下来，满腹委屈的她再也撑不住了，一屁股瘫坐在地上，泪水像断了线的珠子从她的眼眶里喷涌而出……

那一刻，没人知道她脸上流淌的是雨水还是泪水。

那一刻，没人知道她心里正涌动撒手不干的念头。

夜里，韦忠令用痛肿灵涂抹她的双手、双臂和双肩，发现她的双眼和她的双手双臂双肩一样红肿。眼睛当然不能涂上痛肿灵，只能滴上另一种药剂。韦忠令有意无意地说："蓝副主任啊！这可是你自己的选择啵，是你当初想好了的啵。"蓝芳灵扑哧一声，破涕为笑。笑是最好的药剂，它很快就医好了心里的苦楚和委屈。蓝芳灵之所以笑出声来，是因为"蓝副主任"这个称谓。平时韦忠令叫她就一个字"芳"，最多也就两个字"小芳"。不可否认的是，韦忠令说的"副主任"这个活儿，确实是蓝芳灵自己的选择。既然选择了，那就不能让人看笑话，让人看热闹，更不能像那个蔗农一样耍赖皮，说不要就不要了，说不干就不干了。党和人民的事业，岂可耍赖皮！

此后弄腾村的山路上，经常活跃着蓝芳灵娇弱的身影。无论是艳阳高照，还是淫雨霏霏，只要有任务有安排，她就会下队，组织群众修公路、种甘蔗、修建水柜、改造危房……每次下队一趟回来，韦忠令都要给她涂痛肿灵。天长日久，太阳光也成了痛肿灵，将蓝芳灵洁白的肌肤涂抹得一片猩红。对此韦忠令给予了高度评价，他说蓝副主任，你真的成熟了，你由村花变成了村姑。

蓝芳灵读小学那年，联合国粮农组织有一位官员爬上八里九弯，到她的家乡走了一遭，回去后对世人说了一句话："七百弄一带是世界上除了沙漠以外，最不适合人类居住的地方。"世间偏偏就有人不信这个邪，你说不适合人类居住，那我就去看看怎么个不适合。这跟登山和探险有些异曲同工之处。为什么要登山？因为山在那里。为什么要探险？因为险在那里。这位联合国官员不说这句话还好，说了就变成七百弄的宣传语，于是就有人来了。有人来了，就有了游客。游客到哪个地方，哪个地方就成了景点，于是七百弄就有了国家地质公园，就有了八里九弯、千山万弄观景台、天上人间、天街别墅、金鸡洞、天下第一弄等景点。弄腾村成了游客进入七百弄国家地质公园观赏美景的必经之地，也成了游客驻足休息的地方。

蓝芳灵的家恰巧就在弄腾村公路边的桥圩屯，常常会有一些外地的游客在她家门前停下来，向她问路或者打听游玩攻略。热情开朗的蓝芳灵总是不厌其烦地回答他们的问题，顺便向他们介绍家乡的美景，她为家乡吸引越来越多外地人来游玩而感到兴奋。那时，在她心里，似乎已有某种东西在悄悄地酝酿或者着床。她说不清那是什么，只觉得脸一下子潮红，有点像躁动于母腹中快要出世的婴儿。最后她确认，那感觉就像泥土里的一粒种子，它已闻到了春天的气息，只需要一场春雨，或者一缕春风，就能够破土而出。

蓝芳灵心里那个像种子一样的东西终于破土而出，那是在2012年秋天里的一个黄昏。

落日的余晖洒在一座座山头上，一座座山头像是涂了一层金粉。蜿蜒的公路上，牧羊人吆喝着将羊群往“锅底”里赶。领头羊脖子上悦耳的铃铛声，在控制羊群的队形和速度。一辆大客车从山坳口驶上来，发出居高临下的喇叭声。领头羊似乎司空见惯，又或者不屑一顾，率领羊群不紧不慢地走着。大客车似乎没了耐心，不停地鸣着喇叭。领头羊干脆停了下来，领头羊一停，整个羊群就停了下来，集体观望大客车，似乎在识别它的车牌是桂A还是桂M。牧羊人倒是急了，慌忙把领头羊赶到一边，羊群对着干似的纹丝不动。大客车只好缓缓地开过一边去，然后停了下来，这一停就停在了蓝芳灵的家门口。

当时，蓝芳灵正抱着未满周岁的儿子坐在门口。她看见车上的人都在好奇地往车窗外张望，像在寻找什么。车子停稳后，下来了两个人，像是导游，他们来到蓝芳灵面前，询问附近是否有吃饭住宿的地方。

经过交谈，蓝芳灵得知这是从澳门来的一个旅游团。那天一早从南宁出来，来到七百弄国家地质公园后，他们游览了神奇壮丽的八里九弯，来到弄腾这里就马不停蹄地爬上千山万弄观景台。在观景台上，这些看惯了海的澳门游客，看见了从未见过的另一种海——绵延不绝的山海。他们完全被夕阳下的山海吸引住了，以至于乐不思归。他们计划从千山万弄观景台下来后，在七百弄住一晚，第二天再游览其他景点。

蓝芳灵摇了摇头，说："这附近都没有吃饭住宿的地方咧。"

导游又问："那去到七百弄街上呢？"

蓝芳灵还是摇头："也没有，饭馆没有，旅馆也没有，你们要想吃饭住宿，还得回到县城去哦。"蓝芳灵说完，听见一个人像是在自言自语，又像是在对身旁的人说："那只能返回县城去住了，想看天街别墅、天下第一弄，只好明天再进来咯。"另一个人说："返回县城住没问题，问题是现在大伙又累又饿，再坐两个小时到县城才吃上饭，怕是有人熬不住了。"车上的人纷纷下了车。

正说着，一个阿婆背着箩筐走过他们旁边，一个游客突然叫住了她，他发现了阿婆箩筐里的南瓜，说要买下她的南瓜。阿婆打量眼前这些外地人，将信将疑地看着蓝芳灵，像是在征询蓝芳灵的意见。蓝芳灵笑着说："阿婆，他们想要你就卖给他们吧。"听蓝芳灵这么一说，阿婆才意识到这些外地人并不是逗她玩，就用本地话说道："卖什么卖咧，我家的南瓜都是拿来喂猪的，你们不嫌弃就送给你们。"阿婆边说着边卸下背上的箩筐。

一个游客问蓝芳灵："这位阿婆说什么？"

蓝芳灵说："阿婆讲她家里南瓜多得是，送给你们不要钱。"蓝芳灵忍住没笑出声来，她没告诉游客山里南瓜都是拿来喂猪的。游客连声说："要给钱的，要给钱的。"说着从口袋里掏出钱包，抽出一张百元大钞塞给阿婆，又提起那筐南瓜到蓝芳灵面前，叫她帮忙把南瓜煮了给他们垫肚子。阿婆捏着那张百元大钞愣在那里，她不敢相信，在她眼里一文不值只能用来喂猪的南瓜竟然卖得了钱。

蓝芳灵二话没说，当即帮他们煮了南瓜。看他们吃得津津有味、赞不绝口，蓝芳灵就说："肚子饿了，树叶也是好吃的。"游客可不这么认为，他们说这东西在澳门就像人参果一样，不是想吃就能吃得到的。蓝芳灵又说道："小时候爸妈对我讲，要想长大后不再吃南瓜红薯，就好好读书。"游客笑道："晓得这样，我当年就不该读那么多的书。"

游客们吃完南瓜后，意犹未尽地返回了大化县城。

望着满载游客的大客车驶出山坳，蓝芳灵的脑海里如灵光乍现一般，一个大胆的想法浮现：她决定利用自家靠近公路边的便利条件，开个农家乐，为过往游客提供食宿便利，同时把它办成发展家庭经济的一个产业。她终于可以确定，在她心里长久酝酿的说不清道不明的东西，就是这样一个农家乐。

夜很温馨，也有点清凉。

韦忠令一身疲惫地从七百弄街上的摩修店回到家，蓝芳灵兴致勃勃地把这天游客叫她煮南瓜吃的经过，给他复述了一遍，然后把她发现这样一个商机以及她的想法和盘托出。她以为韦忠令会像她一样欣喜若狂，哪想韦忠令没等她说完就给她泼了一盆冷水，把她从头到脚淋了个透。

韦忠令说："你开农家乐，你是为山上的猴子开吗？这些年你见山上的猴子下来过吗？你以为天天都有今天的那车游客吗？那不过是洪水，百年一遇。”

蓝芳灵沉默着，又或者想是让韦忠令先把话说完。

韦忠令又说：“好好当你的村委会副主任吧，别东想西想了，我不会丢下摩修店回来跟你搞什么农家乐的。再说了，我的摩修店收入那么好，我关了店就靠你那点工资养家啊？太不现实了。”

将心比心，丈夫的心情可以理解，他从2003年起就开始在七百弄街上开摩修店，经过近10年的经营，摩修店的生意越来越好。现在突然叫他丢下摩修店回来跟她创办农家乐，换谁谁都不乐意。

蓝芳灵没有放弃自己的想法或者打算，丈夫一时不乐意不支持，那就先做家公家婆的思想工作，争取他们的支持，再通过他们去动员自己的丈夫。家公家婆口头上表示支持，但家婆又表示，韦忠令已成家，他的思想工作还得她去做。他穿开裆裤的时候他们已经做了，现在的他裤子扎腰带了，得她自己动手去解，他们已不方便。蓝芳灵扑哧一声，笑了。

夜里，蓝芳灵和风细雨地把农家乐的光明前景向韦忠令做生动的描绘：目前县里正在加大对七百弄国家地质公园的开发力度，以后会有越来越多的游客到我们七百弄来旅游观光。我们家就在公路边上，优势得天独厚，我们创办农家乐一定有钱赚。眼下，把我们家的房子简单装修一下，就可以有几间客房了，要是客人多了，我们再想办法。我们慢慢起步，从小做起，旅店会越做越大。

不管蓝芳灵如何描绘，韦忠令始终不为所动，他眼里依然是摩修店的蓝图。那时候韦忠令也有了他的想法，他想扩大摩修店门面，再雇两个工仔，把摩修店做大做强。后来韦忠令的态度有了一些缓和，他认为在大山里开农家乐，这个想法确实很好，不过他又认为，不会有几个人愿意花钱来他们这穷山沟里消费的。

蓝芳灵觉得应该把她的另一个观点抛出来，以便让韦忠令更加了解她的真正意图。她说："我也不是纯粹为我们家而做，我想做给弄腾村的人看，说得高大上一点，要起到一个示范带头作用。"蓝芳灵已经预见，农家乐将是弄腾村的新兴产业，是弄腾村摆脱贫困走上致富的一条新路子。当然，这条新路子怎么走，能不能走得通，怎么走才能走得通，只有蓝芳灵走出来了，走出实实在在的成效，才能说服弄腾村人。

话说到了这个份上，韦忠令连保留意见的余地都没有了。

蓝芳灵经营农家乐，是从租碗开始的。开始的时候，她家里没有足够的碗，就到七百弄街上出租餐具的店铺租来碗筷。用完的时候，再把碗筷退回去。每次下队，见到村民家里有养成的土鸡土鸭，她就收购回来，圈养在家里，等有客人光顾的时候，就有了招待的食材。每次有游客来到，她忙不过来，就叫家公家婆放下地里的农活来帮忙。人手实在不够了，丈夫就得从街上摩修店赶回来。每接待完一拨游客，蓝芳灵都会给家人算账，赚了多少钱，再用赚到的钱添置碗筷、桌椅之类的东西。为了让丈夫尽快"转行"，她叫丈夫跟着自己一起去巴马、玉林、云南等地考察，学习农家乐的经营模式，学习烹饪技术，了解发展农家乐的商机。考察学习回来后，韦忠令跟蓝芳灵表态，他还是把摩修店转让算了，回来跟她开农家乐。韦忠令的支持，让蓝芳灵信心更足。因为有丈夫支持，自己办农家乐才不会耽误村委会的工作。同时，蓝芳灵深知，要把农家乐办好，就一定要有明确的发展定位，不能随随便便开，不能跟别的农家乐一模一样，一定要有自己的特色，这样才能办得好、办得长久。

经过深入探讨，广泛征求家人、朋友意见，蓝芳灵给自己的农家乐定了一个明确的发展方向：重点围绕布努瑶民族风情体验、生态观光、休闲旅游等主题，建设具有浓郁的布努瑶风情和特色的乡村旅馆，着力把它打造成为大化县乡村旅游示范点。考虑到自己本身就是布努瑶，再结合农家乐的发展定位，蓝芳灵给农家乐起名：布努人家。蓝芳灵没有想到，自己起的这个店名有一天会成为一个香饽饽。

有了明确的发展定位、有了店名，蓝芳灵就到七百弄乡农村信用社申请 3 万元青年创业贴息贷款，对家里刚完成危房改造的房子进行了装修。2013 年 3 月的一天上午，在清脆的鞭炮声中，在低沉浑厚的铜鼓声中，在布努瑶姑娘欢快的舞蹈中，蓝芳灵的农家乐——布努人家正式挂牌开业迎客，成为当时七百弄乡第一家农家乐。

没过多久，布努人家迎来了开张后的第一个小长假——“五一”。蓝芳灵清楚地记得，对于布努人家来说，那是一个异常火爆的小长假，游客纷至沓来。为了招待游客，她请几个村民过来帮忙，吃饭没有问题，可是游客想要住宿的时候，蓝芳灵却犯难了。那时候她的布努人家刚开办不久，只有 4 间客房 8 张床位。蓝芳灵只好安排游客在自家楼顶和餐厅空地上支起帐篷，即使这样，也没能安排完所有有住宿需求的游客。蓝芳灵只能去七百弄街上租来建筑用的红板，安排游客到附近农户家去打地铺。她心里明白，这种手忙脚乱的现象只能出现一次。她必须用心用情用力把布努人家打造好，让布努人家真正成为进入七百弄国家地质公园旅游观光的游客的温馨栖息地，让每个到过布努人家的游客都有宾至如归的感觉，让每个游客的脑海里都有布努人家的美好记忆。

也就是在那一年的 7 月份，蓝芳灵正式成为中共党员。她深知肩上的担子更重了，责任更大了，她要充分发挥党员先锋模范作用，特别是发挥带头作用，带头发展产业，带头脱贫致富奔小康，而目前最现实的是带头发展农家乐。

秉承生态养生的理念，蓝芳灵用本地群众自养的山羊、土猪、土鸡、土鸭、黑豆、野菜等生态食材，做成一道道美味可口的家常菜，深受游客们的青睐。经由蓝芳灵和丈夫韦忠令的悉心经营，布努人家不论是在基础设施建设方面，还是在服务水平方面，均达到了一定的水准，赢得了宾客的赞赏，有了一定的知名度。2013 年，布努人家被评为三星级农家乐。

蓝芳灵一直在考虑如何改善布努人家的住宿条件。随着布努人家的声誉不断提升，游客经常爆满，有限的几间客房，根本无法满足接待要求，地铺不可能经常打，蓝芳灵经常为帮游客找地方安顿而着急。实在找不到地方安顿，游客只能在布努人家吃完晚饭再开车到20多公里外的都阳镇才有住处。这样一次两次没什么，次数多了韦忠令就坐不住了，他看着蓝芳灵焦虑的样子就心疼。韦忠令向蓝芳灵提议，在自家房子原有楼层的基础上，再加建两层，这样客房就基本能满足接待要求了。对于丈夫的提议，蓝芳灵不置可否，她也这样想过，以他们家当时的经济实力，在自家房子原有楼层的基础上加建两层没有任何问题，只不过她有另外的想法。她想到了隔壁韦善球一家。韦善球家建的是一般的居民住房，他的孩子大都在外务工，留下的空房间多，稍微投资改建一下，就可以接待游客住宿了。这样韦善球一家就搭上了布努人家的顺风车，成为布努人家的另一个组成部分。蓝芳灵这边主要负责为游客提供饮食，需要住宿的游客就安排到韦善球家去，这样不仅可以解决游客住宿的问题，还可以增加韦善球一家的经济收入。

对于妻子的善心善举，韦忠令没有任何异议。布努人家的成功创办，让韦忠令对妻子刮目相看。

蓝芳灵找到韦善球的儿子老二，建议他把家里空着的房间腾出来，每个房间加建一个卫生间，装修一下，做成客房。老二却犹豫了，他对蓝芳灵说：“你的想法很让我感动，可是你也知道，我家为了建这个房子，欠了一屁股债，现在去哪里要钱来改建装修成旅馆！”

蓝芳灵说：“去信用社贷款呀。”

“万一开了旅馆没人来住，我怎么还贷？”老二一个劲儿摇头，“不敢搞！不敢搞！”

蓝芳灵说：“你也看到了，刚开始的时候，我们这里也没什么客人，现在客人不是多起来了吗？”

老二说：“你见识广、点子多，我可不敢跟你比。”

蓝芳灵说：“现在来我们七百弄游玩的人很多，相信我，你开个旅馆，一定成！”不管蓝芳灵怎么说，老二的脑袋还是摇得像拨浪鼓一样。蓝芳灵着急了，这人怎么就那么不开窍呢？她说道：“这样吧，你放心投资搞这个旅馆，我在旅馆挂布努人家的牌子，有游客订房我负责帮忙对接，你只管坐着数钱好了。”

老二迟疑地点了点头。

那时候，时间已经悄然来到2014年，蓝芳灵也已不再是村委会副主任，她当上了弄腾村党支部副书记。韦善球家投资改建装修的旅馆也迎来了一波又一波客人，正像蓝芳灵说的，有她负责对接游客，韦善球家真的是坐着收钱了。韦善球家的旅馆开起来后，经济收入有了稳定的来源，之前建房、装修房子欠下的债务也在一点点地还清。

蓝芳灵不仅仅动员韦善球家开旅馆，她还要动员乡亲们一起创办农家乐。2015年8月，蓝芳灵召集桥圩屯村民开了个村民小组会议，动员大家一起办农家乐。开会之前，蓝芳灵特意把大家带到自己的布努人家去参观了一趟。此时的布努人家已不同以往，到处装饰一新。一楼的货柜上，摆满各种土特产。其中一面墙上，贴满了一张张彩色照片，每一张照片上都有蓝芳灵灿烂的笑容。那是各地游客来到布努人家后和蓝芳灵的合影留念，是一个个珍贵的瞬间。说起照片上的人，蓝芳灵如数家珍，能说出每一张照片拍摄的时间、每张照片上的游客来自何方。蓝芳灵还带着乡亲们参观了餐厅、客房，其中无一不散发着浓郁的布努瑶风情。当然，蓝芳灵忘不了让大家参观韦善球家的旅馆。虽说是同住在一个屯子里，可是真正地参观布努人家，他们还是第一次，这样的参观，让他们看到了不一样的光景。

开会时，蓝芳灵结合自己创办布努人家的经历，向大家阐明了在村里创办农家乐的可行性和蕴藏的市场潜力，县里的旅游部门和乡党委、政府也都非常支持。蓝芳灵对乡亲们说："开办农家乐，并不像你们想象的那么难，其实很简单。游客来到我们七百弄旅游，来到弄腾，他们需要吃的，我们就煮吃的，让他们吃饱吃好；他们需要住的，我们就安排住的，让他们住好睡好。"

有乡亲问："你动员我们开农家乐，你可就多了竞争对手了，你就不怕我们抢了你的生意？"

蓝芳灵笑了："大家都来抢才好呢，你们想想，游客来到我们七百弄游玩，想要住宿没地方，常常要到都阳去找住的。有的因为我们七百弄没有住的，游玩一趟又匆匆赶回县城去住。要是我们的农家乐多了起来，来游玩的游客不是玩得更从容吗？因为他们再也不用担心食宿问题了。再说了，我们把更多的农家乐开起来，开好来，对吸引更多的游客来七百弄游玩必将起到促进作用。"

有乡亲说："万事开头难，蓝书记你可得指导指导我们才行。"

蓝芳灵说："那当然，不然我动员大伙一起办农家乐干吗？"

有乡亲怯怯地说："我是想开一家农家乐，可没什么钱，要是可以的话，你能不能先借我一点？”

面对大家的疑虑、困惑、难处，蓝芳灵说能帮的她一定尽量帮，只要大家想干、肯干，就没有干不成的。她组织每户派一个代表到邻近的巴马瑶族自治县和马山县参观考察农家乐，学习人家的先进经验和发展理念。

后来，在桥圩屯公路边上，除了布努人家，简朴人家、古堡瑶寨饭庄、瑶香里、天府美食馆、腾游旅馆等一家家各具特色的农家乐应运而生，为游客在七百弄国家地质公园景区内提供了极大的餐饮住宿便利，也相应地增加了当地村民的家庭收入。

一花独放不是春，百花齐放春满园。

在经营布努人家的过程中，蓝芳灵聘请 4 名贫困劳动力来当服务员，后来增加到 10 多名。一方面是布努人家确实也需要工作人员，另一方面是可以让这些贫困户有稳定的收入。

弄腾村弄东屯的黄炳成，是蓝芳灵固定聘请的布努人家服务人员。黄炳成是建档立卡贫困户，原先在家主要靠种玉米维持生活，家庭生活十分困难。来到布努人家打工后，他每个月的收入在 1800 元以上。2016 年底，黄炳成顺利实现脱贫，还建起了楼房。

在弄腾村，像黄炳成这样直接或间接受益于布努人家的贫困户有 30 户，建档立卡贫困户唐秀国便是其中之一。唐秀国一家 4 口人，儿子外出务工致伤残，失去劳动能力。蓝芳灵招聘他的女儿来帮工，每月包吃包住，还有 2000 多元的工资。唐秀国说：“蓝书记的农家乐，生意越来越好，我们这些老邻居也沾了光。”

布努人家是弄腾村党总支依托七百弄国家地质公园开发观光休闲旅游业扶贫的一个成果，被评为河池市旅游开发扶贫示范点，被评为“广西十大特色民宿客栈”。布努人家的兴办，推动了餐饮业、生态食材产业融合发展，成为当地群众增加收入、摆脱贫困的有效平台。

说蓝芳灵会烹饪、烧得一手好菜南北通吃没人质疑，可说蓝芳灵能劏猪（方言，宰猪）、会剔骨头，人们可能就会摇头了。但是，蓝芳灵会劏猪却是事实。这得从布努人家桌上的菜肴说起。平时蓝芳灵用来招待游客的菜肴，都是在村子里或者七百弄各个村屯收购来的农产品。每一位到过布努人家的游客，都对那里的美味菜肴赞不绝口，继而会生发出买一些带走的想法。每当遇到这种情况，蓝芳灵就会带游客到附近农家，购买村民自种的黑豆、火麻，还有自养的土鸡和自制的腊肉、腊肠、干菜。有的游客则希望能买些新鲜的猪肉带走，蓝芳灵就叫上丈夫去收购村民家中的黑山猪回来宰杀，推销给这些游客。蓝芳灵说她会劏猪不是劏出来的，是被逼出来的。

劏猪从来都是男人干的活儿，平时，蓝芳灵和丈夫去收购黑山猪回来，都是丈夫拿刀，她打下手。她万万没想到有一天，为了让游客拿到新鲜的山猪肉，她竟然操起了杀猪刀。

那一天中午，一群游客在布努人家吃完饭后，有游客对蓝芳灵说：“你们这儿的猪肉太好吃了。”

蓝芳灵听罢，骄傲地说：“我们这儿的猪肉当然好吃啦，那可都是纯天然饲养的本地黑山猪，不喂任何饲料，而且都是养了一年两年的，能不好吃吗？”

游客问道：“有剩下的猪肉卖给我们吗？”

蓝芳灵一下子脑短路了，她支支吾吾道：“有是有，可得等我老公回来才能把猪杀了。”

游客问道：“你老公去哪里了？”

蓝芳灵说：“他去帮别人修摩托车了，一时半会儿可能还回不来。”韦忠令虽已关闭摩修店回来跟蓝芳灵打理布努人家，可他毕竟在七百弄街上混了那么多年，有好多熟人朋友。那些人的摩托车出了问题，总会习惯叫他去修理，而他则有求必应。

游客们急了：“我们等不了你老公了。”

蓝芳灵无奈地摊开双手，耸了耸肩：“杀一只鸡可以，宰一头猪我真不行。”

游客们急于赶路，心有不甘地上了车。车子刚发动，蓝芳灵突然冲到车门前：“等等我！”

猪圈里，前一天才从村民家收购回来的黑山猪，正在呼呼大睡，觉察到有人走近，它站了起来，嗷嗷地哼着。蓝芳灵挽起裤脚，撸起袖子，提着那把丈夫平时握着的尖刀走向猪圈。当然，后面跟了几个“协同作战”的服务员。

看着游客们大包小包拎着猪肉猪骨头开心离去的背影，看着围裙上残留的肉末子，蓝芳灵这才意识到她成功地把一头猪给剀了，还全部切好了。黄炳成在旁边点评道：“动作虽然不很麻利，但很有韦忠令的影子。”蓝芳灵说：“刚才的整个过程我满脑子都是他平时的姿势。”

自那以后，只要一有订单要黑山猪肉，即使丈夫不在家，蓝芳灵也敢亲自捉刀上阵。时间久了，对杀猪的活路，她竟熟门熟路了。

蓝芳灵说她的微信好友有5000多人，她随便把群众的生态农产品图片往朋友圈一发，订单就是一两万块。不仅如此，她还通过抖音平台帮助村民销售土特产。

蓝芳灵依托布努人家，以“党员能人＋农家乐＋电商＋旅游＋扶贫”模式，利用平时组织党员代表开会、下队工作的机会，鼓励周边贫困户和群众发展特色种养业。通过线下销售和电商平台帮助村民销售七百弄山羊、七百弄土鸡、七百弄黑山猪以及黑豆、黄豆、赤小豆、火麻、高山玉米、干菜等生态农产品，年均交易总额450多万元，直接或间接带动建档立卡贫困户30户168人脱贫增收。布努人家也因此被评为大化“党旗领航·电商扶贫”示范点。

2016年，对蓝芳灵来说，是一个不平凡的年份。

这一年，她带着贫困群众的豆类、火麻、旱藕粉及腊肉等土特产品，先后参加大化县举行的“党旗领航·电商扶贫”红水河流域电商大集暨“七一红色购物季”活动、河池市红色购物季展销会等，帮助贫困群众拓宽生态农产品销路。

这一年，她的布努人家被自治区妇联、旅发委、扶贫办认定为全区“金绣球”农家乐示范点，并获得10万元扶持资金。在大化县妇联的引导下，布努人家积极开展扶贫带动工作，免费给建档立卡贫困户发放七百弄鸡苗、土猪苗。蓝芳灵多次在布努人家开展农村实用技术培训，给全村群众代表100余人传授种养致富技能。

这一年，大化县举行“有积有余”厨艺大赛，蓝芳灵和丈夫烹制的“千秋瑶家宴”入选“十大名宴”。在大化县举行的长寿特色美食节活动中，蓝芳灵制作的瑶家麻叶粑入选“十大特色小吃”。

也是在这一年，蓝芳灵当选河池市第四届人大代表。她率先学习核桃、黑山羊等特色种养技能，指导乡亲发展特色种养业；她发动群众修路，动员有条件的群众搬到路边建房……

在村委会工作和经营门店的过程中，蓝芳灵结识了一些爱心团队。于是，夫妻俩常常利用节假日，韦忠令当司机，她当导游，带着爱心人士穿行于千山万弄之间，了解困难家庭的情况。只要听说哪里需要帮扶，即使再偏僻，他们也会实地走访，走几个小时的山路是家常便饭。回来后，他们会连夜整理当天走访的资料，然后通过各种平台向全社会发出倡议，号召社会各界爱心人士来救助。近年来，她和丈夫先后帮扶500多名瑶族同胞。同时，还联系引荐爱心企业和人士到学校、贫困家庭捐赠学习用品、文体玩具、衣被、食品等物资20多万元。

曾经，蓝芳灵出门在外遇到困难感到很无助甚至很无奈的时候，旁人伸出援助之手帮过她一把，她说那种感激那种温暖真的难以言表，所以，“当有人在我身边遇到困难时，我也应该伸出援助之手，温暖他人”。

这些年来，蓝芳灵和弄腾村“两委”的干部一道，发扬“逢山开路，遇水搭桥”的河池精神，带领村民在大石山区石头缝里，闯出了一条旅游致富路，全村建档立卡贫困户 452 户 2207 人全部如期实现脱贫。在她的带领下，弄腾村农家乐发展到 6 家，全村年接待游客量达 20 多万人次，收入达 100 万元以上，瑶族同胞在家门口吃上了“生态旅游饭”。而她的布努人家，也从最初的 5 间客房，拓展到如今的 33 间客房，餐厅可同时接待 200 多人。

这些年来，蓝芳灵曾被自治区党委、政府授予“2016—2017 年度全区脱贫攻坚先进个人奋进奖”称号；2019 年被共青团广西区委、广西青年联合会授予“百年五四·广西青年榜样”称号，被大化县党委授予“优秀共产党员”称号；2020 年 12 月，自治区党委、政府授予其家庭“自治区文明家庭”荣誉称号。她不仅是河池市第四届人大代表，还是共青团河池市第四届团代表、河池市妇联第四届妇女代表、河池市第三届青年联合会委员。2018 年 12 月，她创办了大化县七百弄乡瑶阿姨生态养殖专业合作社。2020 年 5 月，创办了大化茗瑶餐饮有限公司。

2021 年初村“两委”换届，蓝芳灵荣幸地被党员代表、全体村民选为弄腾村党支部书记、弄腾村村民委员会主任。面对沉甸甸的担子，蓝芳灵感到从未有过的压力。俗话说，新官上任三把火。党支书、村委会主任“一肩挑”后，蓝芳灵的“施政”是从一宗久拖未决的土地纠纷开始的。

早些年，县里计划在天上人间景区修建游客停车场，需要征收土地。在被征收的土地中，有一块地涉及弄腾村的两户人家，因其权属存在争议，土地一直没能征收下来，景区的停车场也迟迟没能动工。

在新一届村党支部第一次会议上，蓝芳灵说："天上人间景区游客停车场那块地的纠纷不能再拖下去了，我们必须马上解决。"

会后，蓝芳灵叫上村党支部副书记蒙桂德和另外两名村干部，带着两个当事人一同前往被征收土地的现场。说那是土地，其实也没有多少可耕种的面积，不过是一块贫瘠的山地，没被征收之前，一直丢荒着。一听说土地被征收会获得一定的补偿款，两户从没红过脸的人家为此争吵了起来，互不理睬，走在村里你不看我我不看你，各自望天，或是把脸扭向一边。而今，两户人家的户主和村干部们站在一起，都迫不及待地诉说起来，似乎谁说得快说得多，谁的嗓门高，这块地就属于谁的。

蓝芳灵看着争得面红耳赤的两人："这块地究竟是独属一家的还是两家共有的，你们谁也说不清楚，得到法庭上去判。可是你们想过没有，这块地补偿费不过一两千块钱，你们自己掂量掂量，世世代代的邻里感情，哪个重，哪个轻，你们比我更清楚。有没有必要为这点钱闹上法庭，伤了感情。钱用完了可以再挣，邻里之间的感情断了，就再也找不回了。"

一番话说到了两个户主的心坎上，两人低着头，沉默不语。一旁几个村干部，你一言我一语，都在劝说他们本着睦邻友好的原则，大事化小，小事化了。

蓝芳灵又说："再说了，我们这个景区停车场如果一直因为这块土地不能动工建设，人家会怎么说我们弄腾村，人家会怎么看待我们弄腾村？你们不能因为一点点利益就反目成仇，耽误了景区的基础设施建设。如果你们觉得我说得有道理，就握手言和，让政府把这块地给征下来。如果……”蓝芳灵还没说完，两人上来握住了她的手：“老党，你讲哪样就哪样。”

2. 给牛劝架的人

和蓝芳灵一样，蓝月仙也是七百弄的东帕（方言，女生）。蓝月仙的家在弄呈村，距离蓝芳灵家的弄腾村有 30 多公里。在弄腾、弄呈、弄合、弄京、弄良、弄平、弄雄这样的广西农村，每个村（社区）党支部（总支）书记，都有一个共同的朴素的名字、一个亲切的自然的称谓——老党。这是一个饱含深情满怀敬意的称谓，也是一个亲切动听温暖人心的称谓。在他们当中，不乏出色的女同胞，即女老党。大化瑶族自治县共有 31 位女老党，其中七百弄乡有 7 位。弄呈村的蓝月仙就是这样一位女老党，她是一位 52 岁的瑶族妇女，一位有着 23 年党龄的共产党员。她虽然只有初中文化，却有着长达 31 年的村干部工作经历。她当过村妇女主任、计生专干、村委会文书、村支部副书记、村委会主任，村“两委”几乎所有的职务她都当了一个遍。她对于村里的情况，不可谓不熟悉；对于村干部这份工作，不可谓不充满热情。正因为如此，2018 年，在当了 4 年村委会主任之后，她被推选为村党总支书记兼村委会主任。2021 年初村“两委”换届，蓝月仙同志继续担任弄呈村党总支书记、村委会主任。在蓝月仙的微信封面上，有这样一行文字：俯身去做事，用心去做人。也许，这正是她大半生的写照，也是她遵循的行为准则。

蓝月仙太熟悉凌晨5点钟的弄呈村了，万籁俱寂，所有的一切都还没有苏醒过来，仿佛这是只属于她一个人的山弄。

每天凌晨5点钟，不需要闹钟、不需要有人叫醒，蓝月仙会准时醒来，好像她的身体里隐藏着一个精准的闹钟。她的手机是可以设置闹钟的，但是她没有设置。她不喜欢那种急促的像催命鬼一样的铃声，也不喜欢那种被催促的感觉。她喜欢那种自然而来的主动性或者状态，让自己总是不由自主或者迫不及待。除了她的母亲，没有人会叫醒她。她的男人，那个爱她疼她、与她生了2个女孩和1个男孩的男人，在她39岁那年永远闭上了眼睛，再也没有醒来。她也尽量避免回想那些声响或那个影子，那种温馨在这个空荡荡的房屋里存在过。如今她的3个孩子都长大了，两个女儿也已出嫁，儿子则到广东去打工。现在，只有她母亲，这个年过八旬的老人，陪她住在空荡荡的房屋里。自从蓝月仙的丈夫过世以后，老母亲看她一个人挺不容易的，整天忙着家里的又忙着公家的，就搬来和她一起住，帮着她料理家里的事情。夜里，老母亲偶尔会醒来，但是蓝月仙从不指望让她叫醒自己。老母亲的睡眠好得出奇，就像一个听话乖巧、喝足了奶的孩子，就算是蓝月仙烧火煮猪食弄出的噼里啪啦的声响，也不足以打扰到她。

四头母猪一天的猪食，足够蓝月仙忙活的了。猪食还没煮好，猪圈里的母猪已见了刀子似的嗷嗷大叫。她得喂饱它们，以便它们有足够的奶水去喂养幼崽。那是满满一大锅猪食，热气蒸腾，充满能量。她需要把一部分猪食舀出来盛到几个大盆里，等她把家里的十几只山羊赶上山去再回来，盆里的猪食就凉下来了，她就可以拿去喂那四头母猪了。也就是说，其间她要同时完成两道工序、做完两项工作：喂猪和赶羊上山。猪食煮熟了先冷却，赶羊上山回来再喂猪，并行不悖，多么智慧！

蓝月仙推着摩托车出门，老母亲已经起床了。老母亲提醒女儿路上慢点开车，目送她骑上摩托车向村部开去。

老母亲每天都是这样，早上看见女儿出门，晚上却很难看见女儿进家。蓝月仙太忙了，经常很晚才进到家来。看到蓝月仙这么辛苦，老母亲心疼得流下了眼泪。家里的地，蓝月仙从来没有时间去种，她在广东打工的儿子蓝玉每年回来过年，先把家里的地种上玉米了才离家去广东。等到玉米成熟了，都是她的老母亲帮收帮剥帮晒。她能帮上忙的，很少很少。父亲离世的时候，蓝月仙也没能守在身边。那时候，她正带着村里的群众到凤山县去学习核桃管护技术。那天她父亲已经病危，按理说，她完全可以安排其他村干部带队去的，但是她没有，她要亲自带队去，那样她也能学到一些核桃管护技术，回来后好指导其他村民做好管护工作。她和村里的群众刚到达凤山没多久，就接到了家里的电话，说父亲已经去世。蓝月仙挂掉电话，关于父亲的一幕幕往事顿时浮现在眼前。想着父亲离世时自己没能守护在他的身边，她的眼泪就忍不住往下流。

母亲对女儿说过："你每天那么忙，都没能跟我好好吃一顿饭，你这图的是什么啊？"

蓝月仙一时语噎，良久，才无奈地说道："没办法，事太多，忙不过来。"

望着母亲佝偻的身子，蓝月仙呆呆地坐着，陷入沉思中："我不就是一个小小的村干部吗，值得这么拼命吗？然而我又是党的人、组织的人，村里的群众这么信任我，我有什么理由不拼命呢？再说了，不拼命也拼了30多年了，都拼到现在了。要是让我干点别的，恐怕我也干不了；要是不让我干了，恐怕我也闲不下来。看来我这个命啊，就是个奔波劳碌的命，就是个一生一世为人民群众耕田犁地的牛命，认命吧。"蓝月仙所认的"命"，实际上就是一种信念、一种执着、一种坚韧。

蓝月仙是这样坚守的，也是这样坚持的。在她31年的村干部生涯中，她走遍了弄呈村的每一个山弄，踏遍了每一户人家的门槛。在党的政策光辉照耀下，她走过的每一条山路，如今都变成了平坦的水泥路；她踏遍的每一户人家，曾经的破旧木瓦房都变成了宽敞明亮的砖混结构平房。

她不会忘记，在决战决胜脱贫攻坚的日子里，为了如期完成全村实施危房改造的目标任务，她和村"两委"的其他同志翻山越岭，徒步到每一个屯去开展工作，为群众出谋划策，排忧解难。

弄方屯是一个有着18户人家的山弄，距离大路只有1.6公里。因为山高坡陡，通屯公路暂时还没有开通，为了让贫困群众实施危房改造，她动员群众采取蚂蚁搬家的方式，用马匹把建房的材料一点点地从大路边往山弄里运。

弄良屯离公路 2.6 公里，也因为山高路陡，通屯公路暂时还没有开通。在搬运建房材料这个问题上，蓝月仙发动群众充分发挥劳动人民的智慧，采用滑轮运送的方式。她建议群众在公路和弄良屯之间的山头架起一条钢丝绳索，再在山头和处于弄底的屯子之间架设一条钢丝绳索，然后通过卷扬机将建筑材料从公路边上沿着钢丝绳索输送到山头，再从山头输送到屯里。

蓝月仙骑着摩托车来到村部，跟驻村工作队和其他 3 位村干部明确当天的工作任务后，就直奔弄老屯而去。

通往弄老屯的道路蜿蜒曲折，虽然路面都已硬化了，但蓝月仙还是谨慎驾驶着，毕竟，她学会骑摩托车的时间还不是很长。以前她下队都是靠步行，当全村每个山弄都通了屯级路后，她决定学习驾驶摩托车，并且买了一辆摩托车。

蓝月仙去弄老屯，是为了动员贫困户蒙阿荣搬进新房，拆除危旧房。

走进弄老屯，蓝月仙心里有说不出的感慨。得益于党中央的精准扶贫，弄老屯的一切都发生了翻天覆地的变化。以前，她下队来弄老屯，走到山坳口，看到山弄里的弄老屯遍布破旧的木瓦房，一切都显得那么萧索。而今除了蒙阿荣家的危旧房像一块牛皮顽癣一样长在弄老屯外，全屯看过去都是清一色的砖混结构平房，房前屋后还建有一个个碉堡似的大水柜，家里装上了饮水净化器、水龙头。人们的精气神也更足了，见蓝月仙进屯，打招呼的话语里充满着一种喜悦或者获得感：“老党，来了哦！”“老党，辛苦啦！”有一个人却开溜了，他就是蒙阿荣。蒙阿荣站在旧房门口远远看见蓝月仙向他家走来，漠然地转身进屋去了。

蓝月仙看见了，心里说：你躲得过初一，躲得过十五吗？你躲得我，躲得过天地吗？她太了解蒙阿荣的脾气了，不喝酒时一句话不说，喝酒以后就骂人。

蒙阿荣家有7口人，还没实施危房改造之前，全家住在大约80平方米的木瓦房里，木瓦房四周用竹片围起来，经年累月，已呈破败之相，到处是漏风的破洞。地板上也是多处破洞，能看得见地板下圈养的猪，猪粪的气味到处弥漫。

蓝月仙动员蒙阿荣实施危房改造，蒙阿荣不愿意，觉得自己一家住在老房子好好的，不需要建新房子。蓝月仙通过了解才知道，他不是不愿意建新房子，而是担心建新房子以后，他的老房子会因为是危房而被拆除。

蓝月仙再次登门动员时，蒙阿荣已经喝过酒。蓝月仙坐在他对面，酒气直扑过来，还有骂骂咧咧的话语。不管蓝月仙说什么，他都不听，或者说他根本不在乎蓝月仙说什么。当蓝月仙明白两人只是各说各话的时候，她放弃了，转而去跟蒙阿荣尼娓（方言，老婆）说话。而他依然在骂骂咧咧中，说："你们叫我建新房，又想要拆我的老房子，那是我老父亲当年雇请多少人费了多少功夫才把它建起来的，你们知道吗！你们现在叫我建新房拆老房，叫我怎么对得起我那死去的父亲！你们叫我建新房拆老房，难道叫我把家里的鸡啊猪啊也搬进新房去住吗？”

蓝月仙对尼娓说："阿嫂，你们这老房子属于危房，继续住在这里面会很危险的，万一哪一天房子倒塌了伤到人，那就一点儿也不抵得了。再说了，你们家大儿子也到了结婚年龄，将来有一天他把女朋友带回来，看到全屯人都住在平房里，就你们家还住在破旧的老房子里，人家女孩子还不吓得赶紧跑了。"

蓝月仙跟蒙阿荣说话的时候，他自说自话；蓝月仙跟尼娓说话的时候，他就骂骂咧咧的，却能听清楚蓝月仙到底跟尼娓说了什么话。当他听到蓝月仙说房子可能会倒塌伤人和儿子娶不到媳妇的话后，又骂过来："你不要乱说！我家的房子稳固得很，就是再住个三四十年也不会倒塌。没有新房子，我的儿子一样可以娶老婆，不信咱们走着瞧。"

他一骂起来，尼娓就噤若寒蝉，不敢出声了，蓝月仙也停住了话头。等他又自说自话的时候，蓝月仙又跟尼娓说起来："现在政府有这么好的扶持政策，对你们危房改造进行补助，而且今年的补助是最高的，你们家再不进行危房改造，明年可就没有这个机会了。"

尼娓看了坐在旁边的蒙阿荣一眼，悄悄地说道："老党，你说的我懂，我也盼望着像别人家一样有个平房，刮风下雨的住得也心安。可是这些，你还是得跟他说才有用。"

尼娓说罢，又往蒙阿荣那边瞥了一眼。

蓝月仙说："嗯，我知道，他现在喝酒了，任谁说什么都不会听的了。等他酒醒了，你再跟他说说，为了全家人的安全着想，为了孩子们都住上好房子，也为了全村能在2020年之前顺利脱贫，你们一定要把新房子建起来。"

尼娓点了点头，又悄声对蓝月仙说："等他不喝酒的时候你再来跟他说，他一般早上不喝酒，到时你再说他会听你的。"

像得到了重要情报一样，蓝月仙再来走访蒙阿荣的时候，就选在了清晨。清晨，一切都是崭新的，蒙阿荣在这崭新的时刻头脑出奇地清醒。此前面对蓝月仙又一次登门动员他实施危房改造，他一句话都不说，但蓝月仙再次把之前对尼娓说过的话跟他复述的时候，他仅用了一句简短的"那就给政府代建吧"表明他已把蓝月仙的话听进心里去了。

这一句简短的话让蓝月仙松了一口气，一旦把蒙阿荣的房子建起来了，弄老屯的危房改造任务就完成了。

可是令蓝月仙没有想到的是，村里通过"政府代建"的方式帮蒙阿荣把新房建好后，蒙阿荣又给她出了新的难题——政府代建的房子不好，他拒绝入住。

怎么个不好法？

按照蒙阿荣的说法，政府给他代建的房子面积不够，楼梯设计不够合理，水泥地板铺得不够平，窗户开得太小气，最最关键的是没有厨房，没有厨房他去哪里煮饭？

蓝月仙和驻村工作队队员都看出来了，再愚笨的人也看得出来，蒙阿荣这是找借口不同意拆除他的老房子，拒绝入住新房。

有同志愤愤不平了："不能老惯着他的，他不同意搬家，我们就去帮他搬，然后把他那危房给拆除了。"

蓝月仙说："这话当作气话讲讲还行，真是那样做了，他能服气吗？双方一旦动起手来就不好收场了。弄老屯是我分管的片，这工作还是我去做吧。”

蓝月仙远远看见蒙阿荣阴沉的脸比一张抹布还要难看，不过她知道，蒙阿荣今早还没喝酒。她叫了一声“阿荣哥”，就走上了那颤颤巍巍的木楼梯。

进到屋去，尼娓迎了上来，招呼蓝月仙坐下。蓝月仙没坐，她走到蒙阿荣身边，又叫了一声“阿荣哥”。蒙阿荣漠然地“嗯”了一声，手里拿着纸片在卷着烟卷儿。

片刻沉默后，蓝月仙也不拐弯抹角了：“阿荣哥，新房建起来了，你选个日子搬进去住了吧。”

蒙阿荣没有说话，他把烟卷儿放到嘴边，点燃了火。

蓝月仙说：“阿荣哥，政府代建的新房子面积，是按照家庭人口数来算的，建筑面积完全按照国家政策规定来执行。楼梯、窗户的设计标准，是有关部门统一规定了的，建筑队也都是按照标准来施工，而且已通过质检验收，符合入住标准。”

蒙阿荣猛吸了一口烟，没好气地说：“我搬进去了，你们就把我这老房给拆了，你叫我们一家到哪里去生火做饭？啊？！”

蓝月仙说：“按照政策规定，新房建好了，就得拆旧房搬进新房，而且还得拆房补贴。如果你自己不拆，工作队会来帮你拆了，你也没办法。如果你现在自觉让他们来拆，你还能得到5000块钱补贴。有了这5000块钱补贴，你一个厨房不就建起来了吗？”

蒙阿荣吐出一口烟，烟雾萦绕在他的脸上。昏暗里，他的脸更加模糊。

蓝月仙加重语调：“你自己想想哦，自从国家实施精准扶贫以来，只要有你家符合条件的政策，我都给你争取了。低保、养老保险、产业奖补、水柜建设补贴，还有政府代建房子，你讲，你家少哪一样没得？村里那些以前家庭条件和你一样的，不等不靠不依赖，自己变成了退出户，一样补贴没得，一分补助没有，你好意思跟人家比没？好意思跟人家争没？你不脸红，我都替你脸红。我们做老百姓的，要知党恩、感党恩、跟党走。党和政府现在扶我们一把、助我们一程，我们不能什么都要政府来帮我们做吧，扶持政策要有，自力更生精神也不能丢，你讲是不是？”

蒙阿荣沉思了一会儿，轻轻地“嗯”了一声。

蓝月仙终于释然，她知道这事儿成了。

离开蒙阿荣家，蓝月仙又骑上摩托车，往弄呈村“党旗引领·联建联养”肉牛养殖场去。

“党旗引领·联建联养（种）”是大化创新推行的一种扶贫发展模式，采取“四联五统”措施，引导群众积极参与，把“输血式”扶贫变为“造血式”扶贫。“四联”即四种联合。一是乡村组织联引。乡（镇）党委负责组织各村党组织深入调研，做好项目规划，指导各村选准项目，加强扶贫种养场的水、电、路等配套设施建设。各村党组织结合本村资源优势，选准产业项目，做好规划布局。二是多户合作联建。村屯党组织强化农户自主合作，以农户自主联建模式，带动贫困群众走市场化、规模化的现代农业发展之路，有效增强自我“造血”功能。三是共管轮值联养。每个联建联养（种）点聘请一名管理员，负责该点的建设管理工作，贫困户在管理员的统一管理下轮流出工，若贫困户因事因病不能出工出力的，可委托他人或出资请人代替其出工出力。四是效益分配联享。产品出售后，扣除种苗、饲料、水电、药品、管理员补助、场地租金等养殖成本，剩余利润以“乡村组织引导、参与群众商议”的方式按户分配，并提留一定比例利润作为村集体经济收入和联建联养（种）点维护资金，以保障联建联养（种）点可持续发展。“五统”即五种统一。一是统一进苗购料。参与联建联养（种）的贫困户共同协商确定养殖品种、养殖规模、养殖方式、供料模式，统一进苗、进料。二是统一技能培训。由县直属业务部门组建专家技术团队，集中对所有扶贫种养场的管理员和贫困户开展技能培训。三是统一防疫服务。由县级防疫服务队采取包片负责方式，指导联建联养（种）点的疫病防治，统一防病治病。四是统一管护喂养。每个扶贫种养场制定共管轮养制度，规范喂养操作和流程，统一管理和饲养。五是统一定价销售。每个扶贫种养场销售的产品，要通过全体联建联养（种）户按市场行情协商，统一销售价格。

2020 年 4 月，弄呈村成立了“党旗引领·联建联养”肉牛养殖场，引进了一批新疆褐牛共 51 头，以此带动村里的 51 个贫困户。蓝月仙作为养殖场的固定管理员，负责肉牛养殖场的管理。由于贫困户无暇参与，蓝月仙结合实际，安排村“两委”干部在养殖场轮流值班，安排村里的 28 个公益性岗位人员轮流到养殖场饲养。

这 51 头新疆褐牛进场的时候，每头不过 300 斤左右。来的路上，牛就水土不服了，开始生病，有的脚烂，有的耳朵烂，没有几头是好端端的。

“天！这牛怎么养啊？”蓝月仙跟运送牛群过来的人说。

送牛的人说：“我只负责运送，其他的我不管。”一句话硬生生地让她把话噎了回去。蓝月仙郁闷了，怎么就进了一批又瘦又病的牛来呢，万一这批牛有个三长两短，她怎么向贫困户交代？

那天，大家把牛群牵下车，安顿到牛场里以后，又累又饿，各自回家吃饭去了。蓝月仙却无心回家，看着牛场里一头头孱弱的牛犊，轻轻触摸它们溃烂的耳朵，蓝月仙心里竟隐隐地疼。

天色灰蒙，没有人看见这小个子女人那张被风吹日晒成古铜颜色的脸上，堆积着多少的忧戚。

蓝月仙深知，退牛回去是不可能的，眼下最要紧的就是把牛的病治好。

想到就去做，始终是蓝月仙的做事风格。她走出牛场，骑上摩托车，飞快地往乡里开去。来到七百弄街上，已是灯火通明，兽医站已关门，她不得不询问紧邻兽医站的店铺住户，寻到了兽医的家。来到兽医家，兽医刚放下碗筷，对于蓝月仙的到来十分意外。听到蓝月仙说明来意，兽医淡淡地说，不是什么大问题，天都黑了，你先回去吧，明天我再去看看。兽医越是漫不经心，蓝月仙的心里越是着急。她央求、催着兽医当即跟她到村里去治那些牛，不然她今晚会整晚都不安心的。看蓝月仙像个孩子得了急病的母亲，兽医于心不忍，收拾一番就提着药箱跟蓝月仙出门了。

回村的路上，蓝月仙一如来时，飞快地开着摩托车，就连身后开着小车的兽医也没跟得上。等到了养殖场，兽医对蓝月仙说："天那么黑，你开摩托车也开那么快？"蓝月仙像是大梦初醒，恍恍惚惚地回了一句："是吗？我开得很快吗？"平时开摩托车小心翼翼的她回想起这来回的一路，后怕不已。

兽医细心地一一观察每头牛身上溃烂的地方，身后的蓝月仙不停地问："怎么样，不要紧吧？"兽医告诉她，这是运输过程中造成的外伤，可能是因为路途遥远，伤口没能及时处理，所以就溃烂了，给它们打上消炎针，再好好喂养一段时间，就没事了。果然，在蓝月仙和饲养员们的精心呵护下，51 头新疆褐牛在 3 个月后就逐渐好了起来，变得膘肥体壮。

蓝月仙来到养殖场，轮值的饲养员正在推着装满草料的斗车进牛场，那些牛看见蓝月仙到来，像见到了亲人似的，都抬起头来，哞哞地叫着，一时间牛场里尽是此起彼伏的牛叫声。

自从进了这批新疆褐牛，蓝月仙除了去开会、下队，其他时间都在牛场里面，她跟这些牛待的时间比她跟母亲待在一起的时间还要长得多。平时，其他村干部和饲养员轮值管养时，都只是负责白天的喂养，晚上根本就不管，而且饲养员们只懂得喂养，一旦牛有个气管炎、腹泻之类的病，就都交由蓝月仙去解决。因此，有事没事，蓝月仙都要到牛场来走一走、看一看。

蓝月仙看着一头比一头健壮的褐牛，问饲养员："它们今早没有打架吧？"

饲养员回答："没有！今天上午还算比较老实。"

就在前几天，不知道什么原因，两头紧邻的褐牛吃饱喝足后竟然打了起来。当天轮值的饲养员一看这情况，也是慌了，更不敢靠近去劝架，急忙跑到村部去叫来值班的村干部。等到他们赶到牛场，那两头褐牛已挣断绳索从牛场大门狂奔而出，吓得饲养员和值班村干部急忙闪过一边。等到他们回过神来，两头褐牛已经绝尘而去。那天，值班村干部和饲养员叫上几个群众找了半天，才在山脚下的大石头边找到两头气喘吁吁的褐牛。

饲养员说："老党，我有一个办法，保准能让这些公牛不打架。"

蓝月仙问："什么办法？"

饲养员说："我们牛场再进几头母牛来一起养，它们肯定会安分下来。"

蓝月仙听到这话，脸倏地红了，说道："你这是出的什么馊主意！"

蓝月仙去拧开水龙头，水流进了褐牛边上的水槽里。她交代饲养员："每次喂草料，要记得放水给它们喝足。下午我去乡里开会，要好好地看着啊，严防它们打架。"

蓝月仙下午去乡里开会，回到家已是傍晚，家里的一群羊已自己回到羊圈，她去把羊圈的门闩好。猪圈里的母猪在嗷嗷地叫唤，敦促人类快点给它们喂食。

夜幕笼罩大山，也笼罩弄呈村的养殖场。当养殖场的灯光撑开一方夜空，人们就知道，他们的老党又出现在牛场里了。

牛场里的蓝月仙，除了把白天饲养员投放草料时洒在地板上的草料扫到饲料槽里去，还要清扫褐牛们新增的粪便。做完这些，她会安静地待上一阵子，看着褐牛们，祈盼它们快长快大快出栏。转念她又想，等到它们出栏的那一天，她会不会舍不得？想到这里，蓝月仙就又安慰自己，舍不得也没办法啊，这就好比她的女儿长大了，她不能不让她们去嫁人一样。不管怎样，只要褐牛养得好好的，贫困群众能稳定增收，村集体经济有收入，再多的舍不得也是可以放下的。

蓝月仙正沉浸在自己的世界里，突然，牛场的一个角落里出现一阵躁动，她寻声看去，邻近的两头褐牛不知什么原因顶撞上了。蓝月仙急忙吆喝一声，褐牛们又是一阵躁动，那两头顶撞的褐牛顶得更起劲了。蓝月仙脑海里快速闪过一个念头——必须及时制止，否则它们会挣断绳索跑出牛场。白天它们跑出去还好找，晚上跑出去，自己一个人，黑灯瞎火的，上哪里找去！说时迟，那时快，蓝月仙急忙转身把停放在铁门外的斗车推进去，紧接着把铁门闩上，再推着斗车朝两头正顶得不可开交的褐牛推去。幸亏两头褐牛都被各自的绳索牵着牛鼻子拴在牛栏上，蓝月仙不停地把斗车朝两个牛头中间推过去，嘴里不断地发出一声声制止牛顶撞的吆喝声。一声声吆喝声里夹杂着蓝月仙无限的惊恐。斗车一次次推过去，一次次被牛顶回来，又被蓝月仙再极力推回去。

这个坚强的小个子女人，彼时唯一的愿望，就是把两头牛劝开。当汗水淋湿了后背，濡湿了额前的刘海，她成功了。似乎那两头褐牛不忍心让她再跟它们一起互相顶撞了。

累极了的蓝月仙，看着两头安静下来的犏牛，严正地警告它们：“要是再顶下去，你们将承担极其严重的后果。本人不惹事，但也不怕事。”

蓝月仙走出牛场，各家各户的灯都熄灭了，唯有路边的太阳能路灯还亮着，她家的灯也还亮着，老母亲在等着她推开那扇朱红色的门……

3. 鞭炮为你燃放

严格来说，石柳玲不是七百弄的东帕，而是七百弄的妹崽，因为她是汉族。汉族女生在当地的方言中，不叫“东帕”叫“妹崽”。2021 年的春天来得正是时候。料峭春寒中，桃花傲然绽放。在戈从村公共服务中心前的戏台上，徘徊着几个村民，像即将登台的演员在走台。

这个戏台、篮球场、宣传栏以及公共服务中心，是上一任驻村第一书记黄佩珍在任时县组织部来建设的。当年建这个戏台的时候，曾经发生过不愉快的事。这几个村民当然不是在走台，也不是要“占领”他们认为是自己的“地盘”，更不像是来参加投票的，他们上午早就投过票了。他们也不像是出来闲逛，这么冷的天，没有谁没事瞎出来闲逛。

这天一大早，除了在戈从村公共服务中心设置固定投票箱外，选举委员会的工作人员两人一组，带着流动票箱到早已划分好的选区给选民们投票。下午，分派到各个选区的工作人员陆陆续续抱着沉甸甸的流动投票箱回来了，选举工作进入计票环节。

戈从村公共服务中心大楼内，村“两委”换届选举工作人员在忙碌地统计选票。大楼门前的戏台上，聚集的人越来越多，他们在焦急地等待着选举结果。

在村民们满含期待的目光中，工作人员拿着新当选村干部的公告，走出村公共服务中心的大门，准备张贴到公示栏上。

那几个村民快步跟上前去，一下子挤到队伍前面，急切地问道：“哪个当选主任了？”

“石柳玲！”

“选民总数 999 人，石柳玲得票 882 票，高票当选，众望所归。”

“石柳玲！”那几个村民听见了这个名字，一阵欢呼雀跃，就像自己当选了一样激动。其中一个提醒道：“鞭炮，鞭炮呢？”

“马上就来了！”这是他们商量好了的，选举结果如果如他们所愿就燃放鞭炮祝贺当选人。

不一会儿，两个村民从村公共服务中心附近的小卖部那里，抱来两卷红鞭炮，摊在地上点燃。一时间，噼里啪啦的鞭炮声响彻整个山弄，鲜红的纸屑铺满一地。

这几个都是谁啊？村里的“实力户”“刺头户”。他们房好，车好，衣着好，从没服过谁，也没求过谁，我行我素，自我感觉良好。平时乡里村里开展任何工作从来都很少配合，经常挂在嘴上的一句话是“不求你们要尿桶小便”。这次村“两委”换届前，他们甚至在群众中放言：“戈从村村干部，我们想让谁当就让谁当。”现在选举结果出来了，新当选戈从村村委会主任的是石柳玲。难道这个被村民们亲切地称为“戈从媳妇”的人也是他们祝贺的对象？也是如他们所愿的当家人？

1989年7月，石柳玲出生在七百弄乡保上村，25岁那年嫁到戈从村。嫁来的第二年，他们家在脱贫攻坚精准识别中，被列为建档立卡贫困户。

“我们家被识别了。”石柳玲叹息了一声。那时精准识别名单出来后，快要过年了，一些被识别为贫困户的农户纷纷“设宴庆祝”。石柳玲心里却很不是滋味，突然意识到自己的家庭不够努力，以致戴上了个贫困户的帽子，就像她当初读书不够卖力，没有考上理想的大学。石柳玲对丈夫说：“我不喜欢这顶帽子，就像你们男人不喜欢那顶帽子一样。”

她年轻的丈夫阿辉尴尬地笑了：“你以为我想戴这顶帽子嘛，我也不想戴的。在这九分石头一分土的地方，靠种地摘掉穷帽肯定行不通。外出务工增加收入是一条路子，可咱们的孩子还小，两人都外出务工不是办法，也不现实。”

当时，县里正大力培育七百弄鸡，把七百弄鸡作为促进农业增收、加快山区群众增收脱贫的产业。石柳玲夫妻俩一合计，决定发展七百弄鸡养殖业。说干就干，夫妻俩申请到小额信贷之后，搭鸡棚、进鸡苗，发展起规模达到2000羽七百弄鸡的养殖场。易地扶贫搬迁时，他们一家搬迁到了大化县城的古江安置区，搬到了县城，过上了城里人的生活。2016年，经过核验，他们家的各项指标均达到了脱贫综合指标，顺利地摘下了贫困户的帽子，也实现了石柳玲当初立志早脱贫、努力早致富的宏伟计划。也就是在这一年，石柳玲光荣地加入了中国共产党。

石柳玲一家是脱贫了，可戈从村还有一帮农户尚未摘帽。住在安置区舒适的新家中，石柳玲每天竟然有些坐卧不安。阿辉平时叫她，不叫名字，不叫“阿玲”或者“柳玲”，而是叫“媳妇”。当然，这也是一种正常的称谓。蓝芳灵的丈夫韦忠令也不是总叫蓝芳灵“老党”或者“蓝书记”，有时也叫她“媳妇”。可是这一声声“媳妇”，偏偏让石柳玲想起或者醒悟，她原来不只是阿辉的媳妇，她还是戈从村的媳妇。戈从村群众亲切地叫她“戈从媳妇”，不是随便地叫，而是含有一种寄托或者拜托。

作为一个曾经的贫困户，石柳玲深切地感受到党的光辉政策给贫困山村和群众带来的深刻变化。作为一名共产党员，她意识到自己不仅仅是脱贫攻坚的受益者，还应该是全村脱贫致富奔小康的促进者和推动者。

2017 年 9 月，机会像一位不速之客出现在石柳玲的面前。当时，七百弄乡招聘扶贫信息员，石柳玲把自己报名应聘扶贫信息员的想法告诉阿辉。阿辉幽默了一句："知道你的心儿不在我们父子这里，在戈从，回吧。”石柳玲顺利地通过了面试，成为七百弄乡戈从村扶贫信息员——她又回到了戈从。

戈从村有建档立卡贫困户 177 户 858 人，贫困户数量虽然不多，但致贫原因多样，数据整理难度非常大。上岗后，石柳玲全身心投入数据采集工作中。为了迅速进入工作状态，她认真研究各种脱贫攻坚政策、脱贫指标文件和贫困户的基本情况，倒逼自己尽快熟悉掌握各项数据。很多时候，她和同事要加班加点整理归档各种扶贫档案材料。那时候，她给阿辉转发最多的一条微信是：不管风里雨里我都在村里，不管上班下班我都在加班。阿辉只回复一句："谁叫你是戈从的媳妇呢！"

乡里开展脱贫攻坚数据清洗工作，为核实好戈从村的数据，石柳玲经常要不厌其烦地一个电话接一个电话打给村里的帮扶干部，跟他们核对村里贫困户的数据，一天要打几十个甚至上百个电话。因为工作认真扎实，乡领导经常安排她到县里负责整个七百弄乡的脱贫攻坚数据清洗工作。有时候，也安排她负责落实全乡性的脱贫攻坚突击工作。

不论何种任务、何种工作，石柳玲始终服从安排，全力以赴并出色地完成好。她也在不断学习与实践中，一步一个脚印地成长和进步，渐渐从一个不熟悉业务的"傻白甜"（网络词汇，不谙世事、颜值不错、温柔可爱的单纯姑娘），变成一个成熟稳健的扶贫工作者。

农村的妹崽，天生一副热心肠，她们知道村里人到乡里县里办一件事很不容易。所以村里人来找石柳玲办事，她都热情接待，尽力办好。能当场办理的当场办理，不能当场办理的，她就耐心地告诉村民们办理的流程，不让他们白跑瞎跑。

后来啊，戈从村的人就说，有事莫慌，去找"戈从媳妇"帮忙准能办好。乡政府里的干部也都知道了，声明来找"戈从媳妇"的就是戈从村人，而"戈从媳妇"就是石柳玲。问题是戈从村的媳妇不止石柳玲一个，能拥有"戈从媳妇"这样一个响亮的"品牌"或者荣誉，自然不是一般的媳妇。石柳玲自己也坦言，人生有时只是为了一个简单朴素的称谓，就得用一生一世的努力去承载。

戈从村有130个搬迁户（包括同步搬迁户），他们的搬迁材料几乎都是石柳玲指导办理的。贫困群众想申请小额信贷续贷、产业奖补资金，只要找到她，她都无一例外地给予他们热情的帮助。

弄伞屯的田代宽是建档立卡贫困户，家庭人口6人。户主田代宽是个典型的老实巴交的农民，他的妻子有智力残疾，大儿子常年外出务工，两个女儿一个在读高中、一个在读初中，还有一个82岁的老父亲。

2018年，田代宽一家同意搬迁到位于大化县城区的易地扶贫搬迁拿银安置区之后，乡里三天两头就要田代宽一户提供各种各样相关材料，可是田代宽却不知道如何去准备这些材料。田代宽在电话里对石柳玲说："儿媳妇啊，要不我们家不搬迁算了，这搬迁手续太麻烦了。"

搬迁不是说搬就搬，当然要填报各种材料。这不是为难群众，是办理手续，就像吃饭一样，也是要煮熟了才能吃。石柳玲想到了田代宽82岁的老父亲田世邦老人，看来他们一家的搬迁材料，只能由田世邦老人来负责收集了。田世邦老人虽然已82岁高龄，可身体还硬朗，思维也还敏捷，关键是老人当了一辈子的村干部，他知道如何去乡里办事。

在去乡里提交相关材料之前，田世邦老人打电话问石柳玲，办理搬迁手续都需要哪些材料。电话里，老人的声音忽高忽低，再加上山里信号不是很好，石柳玲听得不是很明白，她把手机紧贴在耳朵上，仔细地聆听着老人的言语，耐心地告诉老人所需的材料。

作为扶贫信息员，石柳玲有时候在村里办公，有时候在乡政府办公。那天，石柳玲正在乡政府里开展脱贫攻坚数据清洗工作，田世邦老人找到了她。看到老人出现在面前的那一刻，石柳玲心里莫名地涌起一阵酸楚。一大把年纪的人了，从村里出来，走那么远的路，真是太难为老人家了。

田世邦老人把自己收集的材料交给石柳玲，石柳玲大致翻看了一遍，发觉他提供的材料杂乱且不齐全，不由得无奈地摇了摇头。

石柳玲说："阿公，您肚子饿了吧，我带您去街上吃碗米粉，吃完了再帮您完善材料。"

田世邦老人摆了摆手，说自己不饿。

石柳玲想，老人一大早就出来了，肯定没吃过早餐。容不得老人争辩，就带着他来到街上的米粉摊。

田世邦老人吃过米粉后，石柳玲又想，老人来乡里一趟不容易，他需要提交的材料得帮他一次整理清楚，免得他再跑第二趟。于是，石柳玲对照着易地搬迁的材料清单，着手整理完善田世邦老人的材料。老人的一些材料做得不规范甚至是不对的，石柳玲就帮他重新做；老人的材料里缺少老房子照片、扶贫手册照片之类的，石柳玲就联系他的帮扶干部提供……石柳玲忙碌了大半天，才把田代宽家的搬迁手续完善整理好。田世邦老人紧紧握着石柳玲的手："儿媳妇啊！戈从群众真的不能少了你这么一个儿媳妇……"

石柳玲不好意思地笑了："儿媳妇嘛，当然要做好照顾老人的事。"田世邦老人不知道，石柳玲为他忙活了大半天，她的工作却被丢在了一旁，晚上她得加班加点做完当天该做的事情。石柳玲知道老人不会使用智能手机，就要了他的电话号码，定期帮他查询养老金、村干部退休工资是否到账，然后反馈给他。

不仅是田世邦老人，村里的其他搬迁户在申请旧房拆除补贴时，经常有人因为缺少拆除旧房前、拆除旧房中、拆除旧房后的照片而申请不了。石柳玲总是不厌其烦地打电话联系他们，让他们把相关照片发给她，由她在乡里帮他们打印后补充到材料里。石柳玲的理由是，她这里能够解决的，尽量帮着解决，尽量不让他们亲自跑一趟或者多跑一趟。毕竟，他们每跑一趟乡里，不仅浪费时间，还浪费油钱。而她在乡里，做这些只是举手之劳。

岩烟屯的毛义东，是村里的养殖户，养有十几头肉猪和 100 多只七百弄鸡。2018 年 3 月，毛义东申请产业奖补资金，石柳玲和乡里的工作队队员到他家去验收。毛义东对石柳玲说，其实他一直想扩大养殖规模，却苦于缺钱，就一直小打小闹地养了这些。他有个想法已经很久了，就是想申请小额信用贷款，用来扩大养殖规模。

石柳玲说："想法很好嘛，现在党的扶贫政策这么好，我正纳闷，你既然发展养殖了，而且也发展得不错，为什么不扩大养殖规模？"

毛义东说："还不是因为小额信用贷款手续太繁杂了，我又没多少文化，想到搞那一整套材料我就头疼，所以就一直拖着。要不，你帮我搞一份申请材料？”

石柳玲爽快地应道：“没问题，我帮你搞。”

回去后，石柳玲找来一整套申请小额信用贷款的材料范本，帮毛义东整了一套。毛义东拿着石柳玲帮他整理的申请材料，申请到了一笔小额信用贷款。

申请到贷款后的毛义东，扩大了养殖规模。恰巧当时乡里规划在岩烟屯建立一个七百弄鸡养殖场，毛义东作为村里的养殖能人，参与到通过发展养殖带动贫困户脱贫的行动中。2019年，毛义东养殖场里养殖的七百弄鸡达到了3000多羽，带动贫困户10户48人。

2018年年初，大化县出台《大化瑶族自治县贫困户特色种养业发展奖补方案》《大化瑶族自治县扶贫产业规模化发展奖补方案》等扶持政策，以此来促进贫困户增收，确保贫困户如期实现脱贫摘帽目标任务。是年，戈从村弄瞧屯非贫困户毛巴灵养殖150只山羊，带动贫困户7户30人，符合养殖大户带动贫困户发展的奖补政策。按照当时每只羊补助400元的标准，毛巴灵可以通过申请获得一笔不小的补助资金。

那时候弄瞧屯还没通屯级道路，为了不使毛巴灵耽误申领产业奖补资金，石柳玲和乡里包村领导走了2个小时的山路，来到毛巴灵的家。毛巴灵对石柳玲和包村领导的到来，感到很惊讶。他不敢相信，石柳玲他们不顾山高路远，翻山越岭而来，就是为了向他宣传产业奖补政策，让他及时申请这笔补助资金。

石柳玲告诉毛巴灵，尽快带齐材料到乡里申领产业奖补资金。

两天后，毛巴灵让妻子出山去填报申请产业奖补的材料。

毛巴灵的妻子从山里出来，走了 2 个小时的山路，才走到村部，又从村部雇一辆车搭载她到乡里。找到石柳玲的时候，已是快要下班的时间了。石柳玲看她出山一趟太不容易了，就加班帮她整理材料。毛巴灵的妻子没读过书，不会写字，石柳玲只好代劳，帮她写了所有的材料。当时，申请产业奖补需要的材料特别多，每带动一个贫困户就需要材料一式三份，而毛巴灵带动 7 个贫困户，所需要提交的整套材料弄下来就有几十页纸之多。毛巴灵的妻子在一旁看着说："这么多的材料要是由我们自己填写，我们宁可不要这笔奖补资金。"

石柳玲替毛巴灵的妻子弄完整套材料，已是下午 5 点多钟。毛巴灵的妻子感到很是过意不去，又不知道如何表达自己的感激之情，只是一个劲儿地说："柳玲啊，你真是太好了！太好了！你真是我们戈从村的好媳妇！"

石柳玲淡然一笑："乡里乡亲的，客气的话讲多了我也不自然。"又告诉她材料提交上去以后，还要通过一系列验收、审核、公示后，奖补资金才打到他们家的银行账号。按照奖补方案，他们家应分得奖补 50%，带动的贫困户分得 45%，村集体分得 5%，算下来，他们家可以获得 3 万元的奖补。

毛巴灵的妻子握着石柳玲的手，感激的话一句也说不出来。

在戈从村，像毛巴灵这样的养殖大户，还有戈后屯的姚元斌、三卡屯的秦洪王等十几户，散户也有几十户。他们来乡里填报申请产业奖补材料时，也都是石柳玲帮做的申报材料。

石柳玲开始当扶贫信息员的时候，小儿子才 8 个月大，身体不是很好，经常生病住院，一直以来都是她家婆在照料。她经常加班加点，陪伴孩子的时间少之又少，更不用说有时间来照顾他了。在努力做好工作的同时，石柳玲也会尽量抽时间陪陪孩子、陪陪家人，帮家人分担一些家务，家人对石柳玲的工作也给予了更多的理解和支持。

和群众打交道的这几年，石柳玲也遇到诸多困难，面临不少挑战，更有无穷的乐趣，在这种乐趣中也实现了自己的人生价值。她觉得自己应该真正地回到村里去，投身家乡的建设，更好地为村民服务。

2021 年年初，石柳玲响应组织的号召，参加戈从村党支部书记和村委会主任的竞选，并成功当选，村支书、村委会主任“一肩挑”。

那天下午选举结果出来后，大楼里的人们都被鞭炮声吸引了出来。人群中，身材娇小玲珑的石柳玲面若桃花，她看到了那几个燃放鞭炮的村民，就什么都明白了。她曾经听说过，那几个村民讲，这一届村“两委”干部，如果没有石柳玲，就不算数。如果石柳玲当选，他们就买八百八十八串鞭炮来燃放庆祝。

石柳玲微笑着问他们：“八百八十八串鞭炮这么快就烧完啦？”

几个村民难为情地笑了。一个村民挠着脑壳说：“小卖部没鞭炮卖了，就剩下那两卷……”

石柳玲哈哈笑道：“跟你们开玩笑的，谢谢你们为我燃放鞭炮！也谢谢你们对我工作的支持！不过我们戈从村还没到燃放烟花爆竹的时候，我们戈从村虽然脱贫摘帽了，往下还要实施乡村振兴。待到我们把戈从村建设得漂漂亮亮的那一天，我们在这里举行一场焰火晚会……”人群齐声说好。“好”声在群山回荡，绵延悠长。

4. 胜利村胜利了

2021 年 2 月 25 日，韦川宇早早就起床了。其实昨夜她一夜也没怎么睡着，一直处于亢奋状态。韦川宇穿上羽绒服，在穿衣镜前仔细地端详自己。5 年了，韦川宇从未有工夫在穿衣镜前逗留，甚至连简单的照镜子都没照过，每天清晨都是匆匆漱口洗脸就出门。今天韦川宇特意梳妆打扮了一番。羽绒服是老蒙去年回乡时给她买的，平时舍不得穿。老蒙是韦川宇的丈夫，文学老青年，写小说、写散文，也写诗歌。去年胜利村脱贫攻坚进入关键时刻，老蒙从广东辞工返乡，反过来充当韦川宇的贤内助。老蒙发现韦川宇今天有点反常，在一旁打趣道："当年你过门的时候，都没有这么精心'装修'过啵。"韦川宇"切"了一声："还文人呢，用词都不恰当。人叫装扮，房子才叫装修。"又敦促他道："你也快点换上整洁便装，我先过村部去了，你快点过来，干部家属要带头。"

"不是十点半才开始吗？时间还早着呢。"话是这样说，老蒙也不敢怠慢，收拾好后也赶往村部去了。今天，全国脱贫攻坚总结表彰大会将在北京人民大会堂隆重举行，荣获"全国脱贫攻坚先进集体”荣誉称号的胜利村村民委员会将受到表彰，这是大化瑶族自治县唯一一个受到党中央、国务院表彰的脱贫攻坚集体。整个河池市，也才有 7 个集体获得此项殊荣。

韦川宇来到村部三楼会议室，再次检查电视信号，防止电视机突然卡壳掉链子。电视机刚一打开，闻讯赶来的村民争先恐后地涌进会议室。村“两委”干部、驻村工作队队员、部分帮扶干部代表在各自的座位坐了下来。坐在前排的韦川宇起身回望，看到县电视台的记者也来了。老蒙安静地坐在会议室的一角，身上那件夹克衫的颜色和韦川宇的羽绒服一样，洋溢着喜庆祥和。

大会开始了，会议室里顿时安静了下来，随着电视机里传出嘹亮的《义勇军进行曲》，韦川宇和大家也不约而同地站起来齐声高唱。曲终，会议室里又安静了下来，大家像课堂上的学生一样，静静地聆听总书记的重要讲话。

弄代屯的脱贫户代表蒙周鸿，对着电视台摄像机的镜头，说出了胜利村人民群众共同的心声：“胜利村终于胜利了，这是党中央英明领导的结果！我们要永远听党话、知党恩、跟党走，把胜利村建设得更加美丽漂亮。”

面对记者的镜头，韦川宇却显得不知所措，其实是不知从何说起。她想说的话太多太多了，一下子没了头绪。只觉得这 5 年的辛劳和付出没有白费，只觉得这 5 年来她和村“两委”的同志、驻村工作队队员、帮扶干部太不容易了！她的眼里闪烁着晶莹的泪花……

胜利村名曰胜利，其实一直在奋斗。胜利村地处石漠化山区，下辖42个村民小组、108个自然屯，1300户6221人，常住人口1123户5868人，共有建档立卡贫困户940户5200人，其中瑶族人口占比90%。全村人均耕地面积不足0.6亩。2011年，韦川宇刚当选村支书的时候，村里80%的屯不通公路。那时候走完全村所有的屯，得走上半个多月。下队时，常常要在群众家里过夜，住在村民的木瓦房里。记得弄记屯有个村民叫韦有元，外出务工多年，挣了些钱。为了风风光光地回家过年，他回到县城时就买了一辆摩托车骑回村里，骑到离家两三公里外的弄礼屯，便无路可走了。韦有元望山兴叹，只好把摩托车寄存在朋友家里，骄傲自豪的心情戛然而止，一路摸黑回到深弄里的家。就算是到了2017年，韦川宇兼任胜利村村委会主任的时候，由于山多地少、资源匮乏、自然条件恶劣等诸多原因，通过建档立卡贫困户动态调整后，全村贫困发生率一度达到93.44%，成为广西乃至全国最穷的村。形容一个家很穷，常常说是穷得叮当响，胜利村大部分农户连“叮当”一声都没有，真正是“贫中之贫、困中之困”。2020年，是脱贫攻坚决战决胜之年、全面收官之年，脱贫攻坚到了最紧要的关头，作为广西乃至全国最穷的村，胜利村还有331户1802名贫困人口尚未脱贫摘帽。

自从2005年担任村干部以后，韦川宇走遍了全村108个弄场。她熟悉每一个弄场，就像熟悉自己的家一样。随便问她任何一个弄场多少人口、多少贫困户、多少五保户、多少个饮水池，她连本子翻都不翻，张口就来，没有差错。村里的每一条山路上、每一棵树下、每一户人家都留下了她的身影。

2018 年夏季的一天，韦川宇带着驻村工作队队员，行走在去往弄里屯的崎岖陡峭的山路上。沿途艳阳高照，阳光热辣，山路两旁的荆棘勾烂了他们的裤脚。这样的山路，韦川宇习以为常，走起来就像走在平地上；对于城里来的驻村工作队队员来说，却是个巨大的挑战。可是没有一个人叫苦，更没有一个人退缩，都在认真地开展测量工作。大伙都有一个信念，只有路通了，村民们才能结束肩挑马驮的历史。从早上开始，大伙边走边测量，饿了就吃面包，渴了就喝矿泉水。到了下午两三点钟，正值烈日当空，风儿也不知躲到哪里去了。突然，一名队员口吐白沫，晕倒在地。

“快快快，抬到树荫底下去，可能中暑了。”

大家顿时手忙脚乱，急忙把中暑的队员抬下来。

“水！快拿水。”

大伙你看我我看你，翻开那只装着矿泉水的纸箱，里面空空如也。

“水呢？快拿水过来呀！”

呼唤水的声音，一声比一声急。有人急忙用大拇指按压他的人中，有人则摘下草帽不停地为他扇风。

韦川宇眼望四周寂静的群山，哪里有水的影子？这时，韦川宇的目光投向山地上那片翠绿的玉米地，一株株玉米开始吐穗。韦川宇突然眼前一亮，急忙奔跑过去，拔了几株玉米回来。剥掉叶子、掰断，像拧毛巾一样拧出汁液来，滴在晕倒队员的嘴唇上。不一会儿，晕倒的队员慢慢地缓过劲儿来……

这是发生在基础设施建设大会战工地上的一个险情或者场景。那时候，是村里基础设施建设任务最繁重的时候，韦川宇和村“两委”干部、驻村工作队队员整天奔忙在一个又一个山弄，全力推进屯级路建设、危房改造、水柜建设。

那些日子，大伙从早到晚都十分紧张、忙碌，可是建设进度依然缓慢，究其原因，主要还是人工短缺所致。一个项目批下来后，往往因为找不到人施工，不得不暂时搁置一旁，而上级要求完成的任务又迫在眉睫。

此时，韦川宇想到村里闲置的劳动力，如果把他们组织起来，或许能解决全村基础设施建设人工短缺的问题。

韦川宇在脑海里把村里能干的人都想了个遍，蒙国宝、蒙金儒、韦有福、韦利方等几个人进入了她的视野。这几个人都是村里勤劳能干的人，有丰富的建筑经验，平时主要在乡里打零工、打季节工，找到他们应该没问题。

韦川宇一一打电话给蒙国宝、蒙金儒、韦有福、韦利方等人，把他们召集到村委开了个会。

韦川宇告诉他们，目前，村里的通屯道路、家庭水柜以及危房改造建设任务异常艰巨，村里有一半以上的通屯公路需要修通，有500多个危房需要改造，有将近700个家庭水柜需要建设，却找不到人来做。经党支部研究，决定由村委牵头，把村里的劳动力组织起来，让他们几个牵头，把村里那些需要照顾老人小孩无法外出务工的青壮年劳动力都发动起来，承建村里的通屯道路、家庭水柜及危房改造等建设项目，一起为全村打好打赢这场脱贫攻坚战出力。

蒙国宝、蒙金儒、韦有福、韦利方等人听了，都觉得这是个好办法，但能不能组织起来，他们心里没有底。

韦川宇认为，不用出远门，在村里面做上工就有钱赚，除非懒汉，没人不愿意做的。大伙尽管放胆去召集人马，尽快把群众组织起来，这样村里的建设就能很快推进了。说到最后，韦川宇把底牌或者真心话亮了出来，为什么请大家来牵头？村党支部、村委也是有考虑的。由大家牵头来做，村“两委”就放心，比如修路的时候，哪里的弯道需要加宽，哪里的坡度需要降低，他们能把握好。比如帮村民做房子、建水柜的时候，他们能够用心去做，保证质量。要是请外面的人来做，就不一定做得认真、做得好。

蒙国宝在当地是个小包工头，让他牵头把群众组织起来，出工出力没问题。问题是像他这样一个包工头，肯定要投入一定的钱去购买模板、顶杆等建筑用的东西。没有这些东西，牵头就是一句空话。可要是他投入这么一笔资金去购置这些东西，村里的危房改造、水柜建设结束后，他找不到工做，不就白白投钱进去了？蒙金儒、韦有福、韦利方平常是蒙国宝的工仔，自然为老板分忧。韦川宇洞察一切：“你们的顾虑，我都考虑过了，所以村委决定投资购买一批钢模板，通过收取出租费的方式租给你们，既可以降低建设成本、提高施工效率，减轻你们的负担，又可以为村集体经济增加收入，一举两得。”

很快，由蒙国宝、蒙金儒、韦有福、韦利方等建筑能人带头，40 名贫困户劳动力组成的施工队就组织起来了。韦川宇把施工队分成 5 个施工小分队，分别负责全村 5 个片区的“危改”、水柜建设等项目，要求他们既要保证施工安全，又要保证质量，且在规定时间完成建设任务。

一座座山上，一个个屯里，忙碌着施工队的身影——这是一幅动人的画面，脱贫攻坚需要这样的画面。

弄记屯那个120平方米的大水柜建设进度有些缓慢，光靠施工小分队的力量，工期将会延长。

怎么办?

还能怎么办，组织人马支援呗。

韦川宇想都没想，当即组织一支由村“两委”干部、驻村工作队队员组成的党员突击队，深入弄记屯去支援，鲜红的党旗插在大水柜施工现场。

那时候，水柜主体已浇筑完成，施工小分队的民工正在给即将盖板的水柜装模板。韦川宇带领突击队员加入水柜建设队伍中，安装模板、绑扎钢筋、加固顶杆，在家的青壮年劳力赶来参与。

那段时间，全村通屯道路、家庭水柜、“危改”有了前所未有的提速，参与施工的贫困户劳动力得以就近就业，也增加了收入。但是，形势依然严峻。

转眼到了2019年。每天韦川宇带领村“两委”干部和驻村工作队队员深入工地，一边督促施工队加紧施工，一边鼓励贫困群众抓紧实施危房改造和水柜建设。

这一天，韦川宇来到弄若屯，屯里打砂机、制砖机作业声震耳欲聋，村民们都在忙碌。她叫住一个正在保养水泥砖的村民，问道："砂石和水泥砖，够用吗？"

村民说："够用。"

往屯子里走，韦川宇发现上次来动员的韦锦标、韦秀成两个贫困户，韦秀成一户已动工建设，韦锦标一户的老房子还在那里。

韦锦标和韦秀成两户的老房子挨在一起，韦川宇上次来的时候，两家的危房改造还没有动工。韦川宇问怎么回事，2019年"危改"指标到11月底了怎么还没开工。韦锦标和韦秀成商量好了似的给出答案或者理由：还没有通公路。当时，弄若屯的屯级道路确实还没修通，但有的村民早已从山外把打砂机、水泥制砖机拆解了运到屯里来组装，然后打砂、制砖，让实施"危改"的村民有砂石可用，有水泥砖可砌。不用像别的屯那样，在不通公路的情况下蚂蚁搬家一样把建筑材料运到屯里来。

韦川宇说："公路确实还没修通，可建房子用的砂石、水泥砖、水泥都在那里了，你们为什么不建房？"

韦锦标说："路不通，建房成本太高了。"

韦川宇说："不是跟你讲过了吗？针对路不通的情况，县里专门有差异化补助的。最近这两天，你们必须给我动工，不能再拖下去了。"

韦川宇的话，韦秀成听进去了，韦锦标却当作耳边风。

坐在韦锦标的家门口，韦川宇肚子里憋着一股气，现在都12月份了，再过半个来月就是2020年元旦了。韦锦标靠在柱子上悠然地抽着烟，韦川宇想对他说一句话，一句她很想说的话，但还是忍住了，担心一说出来会适得其反。

透过木板的缝隙，韦川宇看到房屋下层圈养的几头黑山猪在悠然踱步，竖起的耳朵仿佛在辨别外面的动静，是不是送食的来了。韦川宇找到了话题：“标哥，你这几头猪可以出栏了。”

韦锦标说：“还没到时候呢。”

韦川宇说：“猪出栏了建房资金就有了。”

韦锦标说：“不建。”

韦川宇说：“怎么不建？”

韦锦标说：“还没选好吉日良辰。”

韦川宇心想，上一次来，你说公路没修通不建房，现在公路修通了，你说要选吉日良辰，我看你纯粹就是找借口不想建房。她说：“那好吧，我帮你请先生来选定吉日良辰。”

韦锦标的理由或借口，有一定的代表性。在雅龙，人们动土建新房之前，都要请个地理先生到建房的新址，依照建房的方位，选择吉日良辰动工。

“怎么样？”韦川宇追问道。

韦锦标所谓的“还没选好吉日良辰”其实就是搪塞或借口，但他已说出口，收不回去，迟疑了一下，只好点了点头。

韦川宇催促他道：“我请先生来帮你选了吉日良辰，你就开始动工了哦，不能再拖了。再拖就是2020年了，今年的指标不能留到明年。”

韦锦标再次点头表示同意。

令韦川宇万万没想到的是，等她请先生来到韦锦标家里，韦锦标却说不建房子了。原因是他的一个孩子最近不幸夭折，他没有心情建房子了。

韦川宇对他的遭遇深表同情，但也不能孩子夭折了就不建房了，生活还在继续，生命还在延续嘛。

想到胜利村今年的“危改”指标必须今年开工，韦川宇只能继续开导他，继续做他的思想工作。

韦川宇在山坳口堵住了韦锦标，两人在一棵榕树下坐了下来。

“党的政策这么好，给钱给你建房，还请施工队来帮你建，你这还推三推四的，你到底想什么时候才做？”

韦锦标齉着鼻儿，没发出声来。

“你总不能一辈子住在这老房子里吧？”

韦锦标还是张不开嘴。

“我们村有几个施工队，你想要哪个来建房，你讲，我来帮你安排。”

韦锦标终于开口：“我不要施工队帮我建，我自己建。”

韦川宇说：“不行！你要是在两三个月前自己建，我完全同意，现在绝对不行，你自己建什么时候才能建成？为了按时完成今年全村任务，你的房子必须由政府来代建。”

韦锦标说：“那我就不建了。”

天色一下子在韦川宇面前黯淡下来。她无法理解，一个人怎么这样难沟通。要是“危改”户个个都像韦锦标这样，一家一户都让她来回跑五六次，她这个村支书、村委会主任就没办法当下去了。

韦川宇分析，韦锦标想自己建房，如果不是借口，不是搪塞，那么他无非想节省一笔人工钱。

于是韦川宇就跟他算这笔账："其实你自己建房也没省什么钱，还白白地耗费许多时间，你还不如用这些时间去做别的。我晓得，你自己心里对这笔账也是算过了的，你不过是想找个借口来拖延'危改'进度而已，你是吃定了村里为了完成'危改'任务一定会听你的，对吧？"

韦锦标依然沉默。

韦川宇只好使出撒手锏："如果你再故意拖延'危改'进度，我们只能把你家指标让给别的农户了。"

韦锦标说："那就让吧，我无所谓。"

韦川宇彻底地服了。

距离家门口还有一段距离，就听到羊咩咩地叫，猪嗷嗷地吼，猪们羊们早已听惯了韦川宇的脚步声。彼时老蒙和大儿子在外务工，女儿在县城读初中，家里就韦川宇一个人。每天下队她都是早出晚归，家里的牲畜只能晚上回到家后才能喂养。要是去乡里开会或外出培训，只能劳烦屯里的乡亲帮忙。别人家养的牲畜都在增肥，她家里的牲畜却在减肥，经常是有上顿没下顿，保命不死就万幸了。喂了牲畜，韦川宇胡乱煮了一点东西随便吃了，累得连洗一把脸的力气都没有。躺到床上，韦川宇却辗转反侧，不能入眠，越困越是睡不着。她干脆拿起手机煲电话粥。

"吃饭了吧？"

"只有家里的猪现在才吃呢。"

"我又遇到烦心事啦。"

“哪个鬼仔又阿扎（方言，捣蛋）了？”

“韦锦标不想建房子。”

“安心睡觉吧，明天我调教他一下。”

和韦川宇通话的是老蒙，韦川宇每次遇到困难，就跟老蒙煲电话粥。老蒙原先是县里一个事业单位的职工，端公家饭碗。前些年因为搞一个农业项目亏惨了，欠了一屁股债，不得不请长假出去打工还钱。他挖过煤，做过伐木工、搬运工、建筑工，什么苦工都干过，原本想继续请长假下去，后来单位不批假了。不是单位不批假了，是制度不允许了，老蒙也不想再回单位，索性就辞职在外打工，成了自由职业者。

过了几天，老蒙突然出现在韦川宇面前。那时天已黑了，老蒙像个夜归人。

正伏在办公桌上填表的韦川宇抬起头来：“怎么回来了？”

老蒙说：“再不回来牲畜就断炊了，连你也吃不上饭。”

韦川宇急忙停下手上的工作，要给老蒙做饭。老蒙说不用了，在大化县城跟几个文友喝了几杯才回来的。老蒙又说：“韦锦标同意建房了，你安排一下施工队。”韦川宇哦了一声，两天前韦锦标已主动跟她联系了，但她不知道老蒙具体怎么“调教”了他：“你没有骂他吧？”

老蒙说：“我只跟他讲了一句，牛吃草要反刍，人活着要讲道理。”

韦川宇抬起头来看了老蒙一眼：“就这么简单？”

老蒙说：“韦锦标属牛的。”

没多久，一支从河池市纪委、卫健委、水利局、教育局、农机局和福利院抽调干部组成的脱贫攻坚突击队来到胜利村。突击队要在胜利村驻扎下来，直到全村脱贫摘帽为止。对于突击队的进驻，韦川宇和村“两委”的同志喜出望外。突击队既是督战队，又是主力军，对打赢胜利村这场脱贫攻坚硬仗将起到决定性作用。

高兴之余，韦川宇又犯愁了，眼下进驻雅龙乡的工作队队员很多，乡招待所早已满了，胜利村村部的房间也已安排给驻村干部，把突击队队员安排到哪里去？安排到群众家里去吗？这又不是一天两天的事，他们可要住上一年啊，而且还要管吃的。

从村部回到家里，韦川宇将自家房子楼上楼下走了一遍。新建的三层楼房有的是房间，儿女又不在家，何不把黄队他们6位同志安排到家里来！黄队就是突击队的黄队长，何况家里还有个现成的工友，老蒙平时可以为他们做饭，当然是免费做的。

下到一楼，韦川宇和老蒙面对面坐着，把她的想法跟老蒙说了。老蒙说：“我没有问题，就怕别人讲闲话。”

“什么闲话？”

“别人说我们开夫妻店呢。”

韦川宇说：“怕什么！无非就是个扶贫客栈，免费客栈。”

夫妻俩用了两天时间，把家里几个房间的杂物清理出来，又买来五合板，铺成了一张张床。

突击队员入驻的时候，韦川宇对黄队深表歉意：“房子建起来后没钱装修，也没钱买床铺，各位领导只能入乡随俗将就住了。”

黄队说："没有问题，大伙下来是搞扶贫的，又不是来享福的。"

老蒙将两只下蛋的母鸡杀了，拿出家里自酿的米酒，为突击队队员接风洗尘。吃饭的当儿，韦川宇向突击队队员介绍胜利村的基本情况和全村脱贫攻坚工作尚未解决的问题。

驻村第一书记王晖补充道："胜利村是全国贫困人口发生率最高的村之一，全村目前距离国家规定的脱贫标准还很远，接下来的困难和压力可想而知。"

"都怪我能力不足，全村还有那么多的群众生活在贫困线下。"韦川宇说。

黄队说："脱贫攻坚不是一个人的事，只要大家齐心协力，迎难而上，胜利村就一定能够走向胜利。"

每天天不亮，老蒙就早早起床，为突击队队员们煮玉米粥、煮干菜，这是他们一天的早餐。韦川宇和突击队队员出门后，老蒙就充分发挥自己的特长，帮助他们整理有关文字材料，充当义务资料员的角色。夜幕降临，突击队队员们一身疲惫回到"客栈"时，老蒙就端上热气腾腾的晚餐。

黄队他们每天早早就出了门，先到村部领取当天的工作任务，然后分赴各自分管的片区开展工作。突击队队员乘车从村部出发，行车不过五六公里，公路就到头了，前面是崎岖陡峭的若隐若现的山路。经过陡峭的悬崖峭壁，只能采用"狗爬式"向前爬行。抬头看路，那坳口，在远远的云端上。

好不容易爬到山坳口，终于看见"锅底"状的弄场，弄底散落着农家，有些是茅草房，有些是木瓦房。房子周边是碗一块瓢一块的山地，在这乍暖还寒的初春，并无一物生长。一条山路，自“锅底”盘旋而上。

“这种地方，怎么生存下去？必须动员他们搬迁！”

“动员多次了，大部分已搬迁出去，还是有三四户死活不搬。”

“要多做思想工作，让他们明白搬出去的好处。”

“扶贫政策没少宣传，有些人就是木棍不通风。”

“思想动员工作由突击队来完成吧，我们就喜欢啃硬骨头。”

突击队队员走遍了胜利村所有弄场，走访了所有的贫困户，把贫困群众的所需所想都一一记在本子上，同时把党的扶贫政策耐心地给他们宣传讲解。那些不愿意搬迁出来的群众终于搬迁出来，这让韦川宇去了一块心病。

春季学期已开学一个多月，雅龙乡初级中学初二年级有一名胜利村的学生一直没来上课，有可能辍学了。学校老师让韦川宇通知其家长或者帮扶干部尽快劝返辍学学生回校上课。学生不来学校上课，学校老师就要去找回来呀，可是老师却把这个责任推到韦川宇这里来了。韦川宇却不敢怠慢，控辍保学是脱贫攻坚的一项硬性指标。脱贫路上一个民族都不能少，一个学生都不能辍学。义务教育保障，是胜利村脱贫攻坚的“四大战役”之一。

韦川宇立即赶到辍学学生的家里了解情况，果然不出所料，辍学学生已到东莞市大朗镇找他哥哥打工去了。

韦川宇问家长：“你有他哥哥的联系方式吧？”

家长说："有。"

韦川宇说："你现在就电话给他哥哥，让哥哥把他送回来。"

家长说："打电话没用的，他不会回来的，他去的时候跟我讲了，他不想再读书了。"

韦川宇说："不管有用没用，你都得打。"

家长电话打过去，哥哥说他在外面上班，弟弟不在身边。家长说："你马上送你弟回来上学。"电话那头哦了一声："我会跟他讲的。"韦川宇对家长说："你晚上再打电话跟你儿子讲，叫他马上回学校。"

韦川宇一宿未眠。老蒙说："我估摸你又得旅游一趟。"

第二天，韦川宇和村委的一位同事再次上门找到家长。家长毫不在乎地说："我在电话里骂了他半夜也没有用，这小子不会再回来读书了。"

韦川宇一听，就不高兴了："该读书的年龄不读书，是违法的，你晓得不晓得？你做家长的是要负责的。"

家长一脸无辜："老党啊，他死活不肯读书，我也拿他没办法。"

韦川宇很懊恼。在返回的路上，同事说，不就是一个学生吗？我们让他办理请假手续存档，督查组、核验组来了，就可以应付过去了，很多地方都是这样做的。韦川宇正色道："不让一个贫困学生辍学，不是喊口号而已，而是要让教室里真正坐满学生。请假手续可以应付检查组，却应付不了学生的一生，我们只能到东莞去找他回来。"

韦川宇和该户的帮扶干部商定后，叫上辍学学生的家长，三个人一起到东莞市大朗镇去做劝返工作。

三人坐了一天一夜的班车，来到了大朗镇。令他们万万没想到的是，他哥哥的手机竟然打不通了，不管是韦川宇和帮扶干部打，还是他家长打，都提示该用户已关机。

三个人站在大朗镇街头茫然四顾，茫茫人海，去哪里找兄弟俩？韦川宇突然想起村里有个人好像也在大朗镇打工，就打电话给他，可他说他已不在大朗镇打工了，也不知道辍学学生的哥哥在大朗镇哪个地方打工。韦川宇跟他说了自己目前的窘境，请他帮忙打听一下，无论如何都要找到辍学学生的哥哥。

经过多方打听，韦川宇他们终于找到了辍学学生和他的哥哥。他哥哥说手机欠费了，没钱交话费。

韦川宇无语了，这都打的什么工，连话费都交不起。

哥哥在一家快递公司上班，辍学学生并没有找到工作，整天就待在出租屋里或是到处闲逛。

韦川宇说："你看你不读书，尝到滋味了没有？你以为打工那么容易吗？没有文化你去捡垃圾都捡不过人家。"

辍学学生死活不愿意跟韦川宇他们回去，说自己笨，怎么学习都学不好，每回都只考十几分，经常被同学笑话，早就不想读了。

韦川宇看这孩子只是厌学，并无别的"顽症"或者"劣迹"，就和帮扶干部慢慢地跟他聊。整整聊了一夜，终于把他给说动了，带他上了返回大化的班车。

2016年以来，韦川宇和村"两委"的同志从破解"增收难”、破除“等靠要”、破断“穷根根”等“三破”入手，围绕“两不愁三保障”目标，逐屯逐户研判，攻破一个个艰难壁垒，先后实施危房改造515户，建设家庭水柜678座。2020年，全村义务教育阶段适龄儿童无失学、辍学情况，建档立卡贫困户参保率达100%。由党员牵头成立的专业合作社，通过“党旗引领·联建联养（种）”模式，发展肉牛、七百弄鸡养殖和旱藕种植加工等集中产业项目7个，培养致富带头人5名，全村“3+1”特色产业覆盖722户，覆盖率达100%。2020年，全村集体经济收入超过20万元。

这些成绩的取得，凝结着后援单位自治区政府办公厅、自治区机关事务管理局的真情帮扶以及脱贫攻坚突击队的共同努力。2020年6月底，胜利村全面完成脱贫攻坚“四大战役”等各项目建设目标任务，9月底全面达到整村脱贫摘帽标准，10月完成全村剩余贫困人口331户1802人的脱贫摘帽“双认定”和整村脱贫摘帽认定工作，11月底通过国家和自治区的考核验收，如期完成了脱贫攻坚目标任务。

而今，雅龙乡那个一穷二白的胜利村已不复存在，取而代之的是一个变得越来越美丽的名副其实的胜利村。新修的屯级道路盘绕在群山之间，像一条条洁白的飘带。一栋栋崭新的楼房、一座座蓄满水的水柜，坐落在一个个山弄里……产业发展起来了，基础设施改善了，群众的生活越来越好了。过去这个广西乃至全国最穷的村终于变了模样，终于走向了胜利。

2021年4月19日，后援单位的同志、驻村工作队队员就要离开胜利村回到他们的单位。一大早起来，韦川宇和老蒙便魂不守舍，其实是舍不得同志们离开。这些年来，住在这个“扶贫客栈”的人，不仅仅是宾至如归，更是一家人了。

胜利村的群众都脱贫了，胜利村也胜利了，可韦川宇这个家这几年来一直没装修。没钱装修，也没时间装修。老蒙辞工回来后，除了日常喂养补贴家用的那几头猪几只羊几只鸡外，没有真正意义上为自家做过一样发家致富的活路，他把整个身心都放在服务突击队队员和驻村干部的日常生活上了。他不仅当工友，每天做好饭菜，还把饭桌当成了文案，协助同志们做了不少文字材料。

看到这个里外都没有装饰的家，同志们心里难免有些愧疚。他们说老蒙啊，其实这一年多来你随便做点什么，哪怕你文章不写了，生意不做了，随便做点什么，都可以把房子装修起来了，你们家确实是被全村的扶贫工作耽误了。老蒙于是神采飞扬起来，他说，同志们放心吧，一点都不耽误。幸福生活有时候会迟到，但从不缺席，胜利村是这样，他们家也是这样。

5. 移民安置区的管家婆

"哪位是党员？"

"我！"

唐丽梅朗声应道。

唐丽梅应答后自己吓了一跳。后来她认为这是一种本能的反应，就像老师或者上司点名一样，点到自己的名字自然要应答、要出列。自从加入党组织以后，她就多了一个姓，姓党。她没想到这一声应答，让她有机会当上古江安置区党支部书记、居委会主任。古江安置区有搬迁群众 3206 户 14000 人，其规模相当于一个中等的乡镇。

那是 2017 年 11 月的一天，大化县易地扶贫搬迁生态民族新城管委会的同志来古江安置区调研，调研的目的是要成立古江安置区党支部。管委会的同志倾向于在最先搬迁来古江安置区的移民中，挑选一批想干事、能干事的党员，具体负责搬迁群众的后续管理服务工作。移民搬迁，不是搬完了就完了，就万事大吉了，就高枕无忧了，就可以放任自流了，而是要确保搬迁一户、脱贫一户、稳定一户。真正让搬迁群众搬得出、稳得住、有收入、能致富，帮助他们尽快融入新环境、尽快适应新环境，真正地融入安置区的生活。

唐丽梅是一名有着14年党龄的共产党员，同时也是一名易地扶贫搬迁的群众。唐丽梅家原来在百马乡坡楼村六队。老家的房子是一间只有30多平方米的危旧砖瓦房，耕地面积只有0.4亩。年初，全家4口人搬迁到古江安置区，分到一套面积87平方米的搬迁房。大女儿阿珊高中毕业后外出打工，小女儿阿娇在县城实验中学就读。丈夫卜珊（方言，阿珊她爸）这些年来，一直在县城做水电安装，算是提前进城了。全家人从坡楼村六队迁到县城，不只是搬迁，还有团聚的成分。唐丽梅内心深处深刻地感受到党的伟大、政府扶贫政策的温暖。

很快，古江安置区召开党员代表大会，唐丽梅被推选为党支部书记。走马上任后，唐丽梅就像一只拧紧了发条的钟表，一天24小时摆个不停。安置区虽然有几个也是搬迁群众的志愿者在协助开展工作，唐丽梅还是忙得不亦乐乎。不要说办理就业、低保、搬迁户老人养老认证等这样那样的事情，就是搬迁户老人找不着家、钥匙忘了在哪里、大人出去上班小孩在家里胡闹等这样的事儿，都要唐丽梅去帮忙、去寻找、去解决。渐渐地，唐丽梅觉得自己不像个安置区的党支部书记，倒像是个管家婆。

2018年12月的一天，唐丽梅正在办公室指导3个搬迁户填写相关材料，申报享受惠民政策红利。突然，一名搬迁群众火急火燎地跑到她跟前，上气不接下气地说："老党，你快去看看，那边那栋楼阳台，不知谁家的，吓死人了！”

唐丽梅急忙跑出办公室来，跟着报信群众跑到楼下。群众指着一处楼层的阳台说：“8 栋那里，9 层。”

唐丽梅一看，噢，天啊！4 个年纪不一的小孩，正在没有安装防护栏的阳台上玩耍，其中两个大一点的小孩竟然攀爬到大约一米高的阳台扶手上，若无其事地往楼下张望……唐丽梅当即吓出一身冷汗来。

彼时，楼下围观的群众越来越多，还有人拿手机在拍视频。安置区微信群里，马上出现了 4 个小孩在 9 层楼阳台上玩耍的吓人场面。唐丽梅不敢看视频，她急速地翻着电话号码。她知道，那是搬迁户班某的住所。整个安置区，你随便说出哪栋楼哪个房号，唐丽梅都能说出是谁的家。

惊魂未定的唐丽梅一面拨打电话，一面往那栋楼跑去。该死的！电话竟然不接。她急忙坐电梯上到 9 楼，急切地敲着房门。门内，没有动静。她继续急切地敲击着，还是没有人开门。唐丽梅断定，班某和他老婆肯定出门做工去了，将小孩锁在家里。小孩知道自己闯祸了，不敢开门。

没办法，唐丽梅只好叫物业的人来开门。

屋内，一个六七个月大的幼儿坐在地板上独自玩儿，另外 4 个孩子或坐或站着，一副惊恐不安的模样。这 5 个孩子中，除了那个几个月大的幼儿，大的七八岁，小的三四岁。

唐玉梅问最大的那个小孩：“爸爸妈妈呢？”

孩子怯怯地答道：“出去做工了。”

“你是哥哥，在家要带好弟弟妹妹，不能爬上阳台那里，万一掉下去了就看不到爸爸妈妈了……”

就在唐丽梅对孩子们进行教育的时候，坐在地板上的幼儿哭了起来。看似老二的小女孩急忙拿起奶瓶，到水龙头下接了半瓶水递给他，哭声便停了。

唐丽梅拿出手机拨打电话：“卜珊，你马上到3栋9层902室来。”

卜珊在那边说：“什么事？”

唐丽梅说：“人命关天的事。”

卜珊和班某约好了似的几乎同时出现在屋子里，两人气喘吁吁，身上的衣服脏兮兮的。唐丽梅对班某说：“你今天就把阳台防护网装上。”又对卜珊说：“他如果找不到人，你就帮他做。”

小孩在阳台玩耍是危险的事，是大事。搬迁群众不会用电饭锅煮饭、不会坐电梯、不会用马桶也不是小事，事事都需要唐丽梅到现场去“处置”。“亲力亲为”这个词用在唐丽梅身上最恰当不过了。

中午，住在5栋11楼的乜端（方言，阿端的母亲）来找唐丽梅，说阿端上班前交代她用电饭锅煮饭等他，可到要煮饭的时候，她却不知道怎么煮了，要唐丽梅去教她一下。唐丽梅跟着乜端走进电梯后，电梯门正要关闭，一个中年男子急匆匆地跑过来。唐丽梅急忙摁停电梯门，让中年男子进来。唐丽梅看到中年男子进到电梯后并没有摁楼层的层数，就问道：“你也到11楼啊？”中年男子慌乱地应了一声“嗯”，随即羞赧地低下头，像一个做错事的孩子。

一程无话，来到 11 楼，电梯门应声而开，中年男子走出去，唐丽梅发现他并没有走向这个楼层的任何一扇门，而是拐向步梯口走下去。

唐丽梅觉得有些蹊跷，以为他想要搞什么坏事，顿时警觉起来，急忙跟过去问道：“你是干什么的？”

中年男子停住脚步，回过头来，委屈地看着唐丽梅：“我没干什么呀！”

唐丽梅问：“你没干什么！那你怎么到这里又下去？”

中年男子一脸无辜地说：“我家在楼下。”

唐丽梅问：“几楼几号房？”

中年男子说：“902。”

“贡川乡来的？”

“是的。”

“哪个村？”

“什陇村。”

“你就是古尧屯的陆春雷。”

“老党你也认识我？”

唐丽梅又问：“你刚才进电梯怎么不按‘9’？”

陆春雷见唐丽梅打破砂锅问到底，只好老实回答：“我不会坐电梯。”

唐丽梅不敢相信自己的耳朵：“你不会坐电梯？你家住 9 楼就按‘9’，这么简单你也不懂？”

陆春雷摇了摇头。

在一旁的乜端也摇了摇头。

过后唐丽梅才知道，入住名单早就有陆春雷的名字了，他是最近才正式搬迁进来。搬迁进来那天是帮扶干部带过来的，帮扶干部哪里想到他不会坐电梯，以为搬迁群众都像他们一样会坐电梯。帮扶干部走后，他要上下楼，只好走楼梯。他觉得每天总要爬那么高的楼层，也是一件挺烦人的事情，出门一趟和老家出门就爬山没什么差别。后来，他想到了一个办法，别人坐电梯上下楼的时候，他就跟在人家的后面。下楼的时候，一坐到底，很方便。上楼的时候，别人上的楼层比自己住的楼层还高，就跟人家坐到头，再从楼梯走下来。如果别人上的楼层比自己住的楼层低，他也跟着人家出来，再从楼梯走上自己的楼层。

唐丽梅叫住陆春雷："你在这里等我，我去教这位阿姨用电饭锅后，回来教你怎么坐电梯。"

在唐丽梅看来，搬迁群众都是从大石山区搬迁出来的，刚到安置区什么都不懂，这很正常，也不奇怪。个别搬迁群众醉酒后随意倒地就睡、随地扔垃圾、随地小便等陋习，经过引导教育是可以改变的。但是，对于搬迁群众一些简单常识都不懂，不能简单地理解为他们"蠢"、他们"笨"、他们"愚昧"，很大程度上是他们没有认同感、归属感——这才是最值得安置区管理干部所警惕的。而她作为安置区的党支书，就有责任和义务去帮助他们，教会他们一切。

后来，唐丽梅在每栋楼每个单元挑选一名搬迁群众作为单元小组长，负责规范、监督、引导搬迁群众正常有序、和谐健康的日常生活。

唐丽梅常常像走亲戚一样去串门，到安置区各个单元楼层入户走访，和搬迁群众谈天说地，了解他们的所需所求所盼，用真心真情去帮他们办实事、办好事。唐丽梅认为，要让搬迁群众融入安置区融入新生活，自己首先要融入他们，深层次地走进他们的生活，走进他们的内心世界。

一天晚上，唐丽梅来到搬迁户覃元根家。覃元根患有精神疾病，平时吃药后能控制病情，有一定的劳动能力，但因为家里没有全劳动力，搬迁后家庭经济收入依然很低。

覃元根说："我一个残疾人，搬迁到这里来好是好了，可是找不到事做，吃一根青菜都得花钱，我还是重回乡下算了。"

这是村民搬迁后容易产生的一种倾向或者现象，而且具有一定的代表性，值得警惕。

唐丽梅指着墙上的神龛说："祖宗都搬来了，还讲这种打退堂鼓的话！有什么困难你就跟我讲，安置区党支部为你做主。"

唐丽梅想，覃元根一个残疾人，肯定没有人愿意给他工做。要想让他安心住下来，就得想办法找事情给他做，增加家庭收入。唐丽梅找到县人社局相关股室负责人，他们采取特事特办的方式，为覃元根争取到一个政府购买的公益性岗位，在安置区当保洁员。

随着古江安置区搬迁群众越来越多，2019 年 7 月，县生态民族新城管委会古江安置区党支部改为古江社区党支部，同时成立了古江社区居民委员会，由唐丽梅"一肩挑"。

每天，古江社区居委会办公室就像个办证大厅，有时候比县政务服务中心办证大厅还忙。唐丽梅和她的同事要完成上级部门交办的事项，反映群众呼声，为帮扶干部带路，替搬迁群众解难，这是他们每天从早到晚的工作，却不是唯一。2019年10月，唐丽梅组织社区30多名有文艺爱好和表演天赋的搬迁群众，成立了古江社区幸福家园文艺队。这支文艺队既是政策宣传队，又是志愿服务队，一旦社区有紧急事务，文艺队员就出来帮忙。每当有新的搬迁群众搬迁入住，唐丽梅就带领居委会同事和文艺队员，帮助群众搬家具、打扫卫生、挂窗帘，和新来的搬迁群众一起布置新居，让他们充分感受到家的温暖。

唐丽梅和她的文艺队员也因此被帮扶干部和搬迁群众亲切地称为“娘家人”。唐丽梅说她在古江社区的房子不止87平方米，而是187412.3887平方米。她家也不止4口人，而是14000人。整个古江社区就是她的家，组织把这个大家庭交给她管理，她这个管家婆就得管好它、护好它。小时候母亲跟她说过一句话，唐丽梅至今记忆犹新，那句话是这样说的：“吃了红糙米，就得背弟弟；喝了南瓜汤，就得摇摇篮。”

6. 有事找我

“有事找我。”

这是大化县易地扶贫搬迁拿银安置区拿银社区党支部书记、居委会主任肖妍每天说得最多的一句话，这几乎也成了她的口头禅。肖妍是2021年1月才走马上任的，她是一名大学毕业生，今年才22岁，是这次村（社区）“两委”换届中全市年龄最小的“一肩挑”。

小小年纪的肖妍，掌管的却是一个大社区。拿银社区有搬迁户3072户14525人。很多搬迁户都是白天出去做工，晚上才回到安置区。也就是说，肖妍和社区居委会同事做的一些工作，是在别人下班后才开始的。这些工作主要是走访，到各个楼层单元里去走访搬迁群众，开展低保核查工作。有的搬迁群众知道自己不能再享受低保，就问为什么在乡下老家的时候可以享受低保，搬迁出来后就不能享受了。肖妍耐心地向他们宣传国家低保政策，解释不能再享受低保的原因。有的搬迁群众知道自己符合享受低保条件，就问肖妍如何办理手续，肖妍逐项逐项地把每一个办理流程详细地告诉他们。末了，肖妍不忘提醒他们一句："有事找我。"

拿银安置区每一栋楼的侧面墙上，都喷绘一幅巨大的禽畜肖像或是一种农作物、农具。有的是一只七百弄鸡、一头耕牛、一匹马，有的是一只玉米棒、一串稻穗、一个南瓜，还有的是一把犁铧、一把锄头、一个背篓，不一而足，目的是让不识字的搬迁老人方便找到自己的家。老人一看到墙上的某种动物就说，哦，这是我家，我家在老马这里；或者看到某种农具就说，哦，这是我家，我家在背篓里面。

作为一名新上任的社区党支部书记，一名年轻的老党，肖妍不像古江社区党支部书记唐丽梅，从安置区建设之初就跟搬迁群众打交道，已被搬迁群众熟知。拿银社区的搬迁群众还不知道肖妍是谁，更不知道眼前这个清秀的女孩就是他们社区的党支书、居委会主任。肖妍明白这一点，她在入户走访的时候，总是一遍又一遍地说"有事找我"。不仅仅是因为她借此希望搬迁户都知道她是社区党支书，还因为在她的内心里，的的确确希望搬迁群众有事就找她，她愿意为他们做一切事情。

肖妍是个汉族姑娘，她家曾是建档立卡贫困户。2018 年，全家 7 口人从老家板升乡弄郎村弄乍屯搬迁到拿银安置区。那时候，肖妍已是广西科技大学鹿山学院（现转设为柳州工学院）的一名大二学生，学习成绩优异，获得过"优秀学生干部"称号。她家从弄乍屯搬迁到拿银安置区这一年，她光荣地加入了中国共产党。2020 年年初，她到南宁一家文化公司实习，6 月份毕业后，因为没有找到更好更适合自己的工作，她选择留在这家文化公司继续上班。

2021 年元旦过后，一个朋友给她的微信发来一条链接，说县里要招聘一批大学毕业生、复员退伍军人、致富能人、返乡创业人员到村（社区）任职，建议她不妨试一试。她打开一看，是家乡“招才引雁归巢 · 助力乡村振兴”选优配强村（社区）党组织书记的招聘公告。

看着这则招聘公告，肖妍心底顿时涌起一股热血。

“对，去试一试。”肖妍心里有一个声音在说，“以前，你努力读书是为了走出大山、离开家乡，那么现在你得怀着一颗感恩的心，回到家乡去贡献自己的青春和力量。”

“可是，你真的想回去吗？你确定这不是你一时的心血来潮？你确认这是你想要的更好的更适合自己的一份工作吗？”另一个声音却在质问她。

她犹豫了。

她翻开大学时的笔记本，自己在一页纸上写了这样一句话：“如果你不确定自己喜欢做什么工作，你就想想你做什么工作即便不给钱也愿意去做，这就是你真正喜欢的工作。”有一点是她自己最明白最清楚不过的，那就是她从初中到大学一直享受国家的助学政策。如果没有政府的助学金，她根本不可能顺利完成学业。而自己的家庭，多年来也一直享受国家扶贫政策。如果没有政府的扶持，她的家庭不可能脱贫，也不可能搬迁到县城安置区来生活。如果说当初入党是为了感党恩、听党话、跟党走，那么现如今自己的选择就是报答党恩，为党的事业而奋斗——眼下这则来自家乡的招聘公告，不正是自己的路标吗？

“别再犹豫了，报名去！”肖妍坚定地对自己说道。

肖妍报名后，顺利地通过了笔试、面试。这时候她理应是欣喜的，可她却高兴不起来。她有点信心不足，自己这样一个新人，一个刚走出校园的大学生，没有任何基层工作经验，能不能很好地服务群众？

就在她忐忑不安的时候，组织部门领导跟她谈话，给了她一颗定心丸：“不要有任何顾虑！你不是一个人在战斗，你背后还有坚强的党组织，你尽可大胆去闯去干。”

一个多月的入户走访，一次次地对搬迁群众说“有事找我”，肖妍的知名度在拿银社区有了很大的提升。很多搬迁群众都知道，他们的老党是一个小姑娘，如果有解决不了的事就到社区居委会去找她。

有一天，拿银社区第一书记覃彦媛一个人在办公室整理材料，一位大爷走进来。覃彦媛热情招呼道：“大爷，您有事吗？”

大爷答非所问：“小肖老党不在哦。”

覃彦媛说：“她临时出门了，您有什么事可以跟我讲。”

大爷说：“没事，我等她。”

覃彦媛哪好意思让来访群众久等，只好电话告诉肖妍：“一位大爷有事来找你。”

肖妍正在医院里。早上父亲突然感觉身体不适，她跟覃彦媛请了半天假带他到医院检查治疗。肖妍一听有人有事找她，就跟父亲说要回办公室一趟。

父亲说：“什么事比你爹的病还要紧？”

肖妍说：“一句承诺。”

父亲说：“一诺千金，你去吧。”

肖妍认识这位大爷，她曾到大爷家核查过低保。在了解他家的具体情况后，肖妍告诉他，他家符合享受低保条件，还告诉他需要带哪些材料到镇政府民政所去办理。后来大爷去办理手续没通过，原因是缺了材料。肖妍又到大爷家里去，帮他收集整理各种材料，提醒他再去办理。

肖妍问大爷：“还有什么事需要我落实吗？”

大爷兴奋地说：“没什么事，我是专门来感谢你的，我家低保办得了。”

肖妍听罢，心里涌过一股暖流。

肖妍每天接待的群众很多，一百户就是一百种情况。每接待一个群众，她都会针对各人的情况，一遍又一遍地跟他们解读政策。每接待一个群众后，她都会跟他们说，后面还有不懂的问题可以来找她。她没想到办了低保的大爷来找她，只是为了说一声“谢谢”。

那天，肖妍正在“七百弄羊”栋二单元12层一个搬迁户那里协调解决水管漏水问题。手机响了起来，是一个搬迁群众打来的，说是在“南瓜”栋的楼顶上，有个女孩要跳楼。

肖妍一听，急忙跑到“南瓜”楼下，只见一辆警车停在那里，覃彦媛也到了现场。楼顶上，一个身着校服的女生坐在楼顶的挡墙上，两条腿悬在挡墙边上，正茫然地望向远方。楼下，几个人在抬着一床棉被，准备随时接住跳楼的女孩。

楼顶上突然闪过一双有力的臂膀，将坐在挡墙边上的女孩一把拉了进去。

肖妍和覃彦媛跟着警察一起将女孩送回她的家。警察走后，她家的帮扶干部赶到，试图开导她。那个女孩一句话也不说，一声不吭，神情漠然地坐在沙发上。肖妍明白，此刻女孩的心门是紧闭的，无论是谁都别想进入。

肖妍转而去跟女孩的父亲沟通，试图了解一些情况。肖妍注意到，女孩父亲的双手在不停地颤抖。

女孩父亲告诉肖妍，他不仅有高血压，还有心脏病，双手不知什么原因总是发抖，根本做不了工。老婆早几年就丢下他和两个孩子，跑了。女孩是老大，现在读初二，她还有一个弟弟，在读初一。

肖妍问："你女儿有什么想不开的要去跳楼？"

女孩父亲沉默着。

肖妍说："今天第一书记在这里，帮扶干部也在这里，你把情况跟我们说，大伙一起来做她的思想工作。"

女孩父亲还是没有开口。

肖妍又说："如果不做通她的思想工作，她还是想不开，难免又做出出格的事来，到时候你去哪里要你的女儿？"

女孩父亲终于说话了。

事情的原委是，儿子周末回家准备去学校时，问他要钱。他没有钱，就问儿子，学校不是每个月都有补助吗？还没发吗？儿子告诉他，姐姐她们年级的补助发了，他们初一年级要到下个月才发。他听儿子这么一说，就去问女儿要她的就餐卡给儿子。女儿不给，他硬是把她的就餐卡抢过来给了儿子。她没了就餐卡，就不去学校，直接上楼顶去了。

肖妍说："你怎么能这样呢！"

女孩父亲说："都十四五岁了，该嫁人了，还读什么书！"

肖妍震惊了："你！你这是犯法，你知道吗？"

女孩父亲说："那你们把我送进牢里去吧，反正我已病成这个样子，也不想活了。"

肖妍气得说不出话来，她终于明白了女孩想不开的原因，不是因为父亲把存有寄宿生生活费补助资金的食堂就餐卡给了弟弟，而是因为父亲不仅不让她上学，还想把她嫁出去。

肖妍耐着性子跟女孩父亲谈了好长时间，给他讲解九年义务教育法律法规，跟他讲女孩还那么小，他怎么就忍心把女儿给嫁了……肖妍最后告诉他，她会帮他女儿申请雨露计划、春蕾计划，让她顺利完成学业，前提是他必须答应她，让他的女儿继续读书。

夜里，女孩父亲打肖妍电话，说女儿要见她。

进到房间，女孩一把抱住肖妍，嘤嘤地哭泣着。肖妍轻轻地拍着她的肩膀，轻声细语地跟她说，自己也是搬迁户的孩子，从初二开始就一直靠国家的资助读到大学毕业，告诉她她父亲已答应给她继续读书了。肖妍说："世界很美好，生活很美好，人生的路还很长很长，要好好珍惜自己……以后你有什么事，随时来找我，我永远做你的知心姐姐。"

女孩仰起头，她的眼睛亮了起来，就像一支被点亮的蜡烛。她深情地望着肖妍："妍姐，长大了，我一定像你这样。"肖妍看到女孩的心门已悄然打开，一束亮光正夺门而出。

7. 留守儿童长大后

韦美 4 岁时，爸爸妈妈就去广东打工了。至于奶奶所描述的妈妈泪眼汪汪地在她脸蛋上亲了又亲的场景，她已没有印象。她只朦胧地记得从幼儿园出来，接她的不是妈妈而是奶奶，夜里搂着她讲故事的也是奶奶。从那时起，她就和哥哥跟奶奶“相依为命”，直到她长成一个大姑娘。

2008 年 8 月，韦美在高中毕业后也到了广东。不过她到广东寻找的不是爸爸妈妈，而是从小就跟她“相依为命”的哥哥。哥哥在广东东莞市一家韩国人开的工厂上班。在哥哥的引荐下，韦美也到厂里上了班。她做过品质文员、生产班长、生产主管、业务主管等，历经多岗锻炼，积累了比较丰富的经验。韦美始终认为，一个打工仔的学历固然重要，但经历更重要。

2010 年 6 月的一天，风和日丽，蔚蓝的天空没有一片云彩。

韦美走出厂房，拖着自己的影子，应约来到韩国老板的办公室。韩国老板的办公室很窄小，用他的话来说，这不是窄小，是简约。一身正装打扮的老板直接开门见山，用流利的汉语跟韦美说道：“现在有很多生产电子连接线和空调、汽车、电视机等周边线的订单，你愿不愿意自己做？”

这绝对是一个千载难逢的创业好机会，不过韦美很矜持：“我跟哥哥商量一下好吗？”

哥哥问她：“你敢接下这个活儿吗？”

韦美说：“你敢我就敢。”

小时候兄妹俩去水沟捉泥鳅时，就曾有过类似的谈话或者协商。兄妹俩一拍即合，决定离开厂子出来单干。

随后两人在当地租下厂房，招聘 30 多名工人，开启了艰辛的创业之旅。凭着原先在韩国老板那里积累的丰富经验和社会资源，韦美和哥哥开办的工厂很快就有了起色，订单越来越多。

这天，厂里出现了一对年龄有点偏大的打工夫妇——兄妹俩把在别处打工的爸爸妈妈请到厂里来了。

见到了爸妈，韦美却想起了奶奶。

2014 年 9 月，韦美不忍心让奶奶一个人独自留守老家，就把奶奶也接到了东莞。起初奶奶死活不肯出门，韦美就说东莞和家乡流水村环境差不多，饭菜差不多，说的话也差不多。奶奶最初对此深信不疑，但一来就后悔了：达美（方言，阿美）啊，你这是把一头牛放到高速路上，连路都不会走了。奶奶不习惯大城市的生活，主要是语言交流问题，白话（粤语）、普通话奶奶都听不懂。白话听起来跟壮话差不多，其实差之千里。除了数字中的“3、4、6、7、8、9”和壮话相同，其他的就完全不一样了。奶奶尝试跟小区里的人交流，才说几句大脑就有梗阻的感觉。奶奶不敢跟人交流了，就嚷着要回流水村去。

韦美当然不同意奶奶再回老家独自一人生活，就一直拖着。

韦美和奶奶彻夜长谈。

韦美说："奶奶，达美出来打工，就是为了让你享福，报答你的养育之恩。以前达美没这个能力，现在有了，你就好好地在这里享福吧。"

奶奶说："享什么福咧，在这种鸡对鸭讲的地方，会把我憋死的。"

韦美急忙做吐口水状："好吧，我们一起回去。"

奶奶说："这里的工厂你不管了？"

韦美说："让哥哥自己管。"

2015年年底，大化县政府出台政策鼓励外出农民工返乡创业，不但提供厂房和税收优惠及补贴等政策支持，还提供各项优质服务，这给韦美提供了再次创业的机会。

2016年年初，韦美带着奶奶从东莞回到了大化。

那一年，韦美奔走于粤桂两地之间，寻找订单货源、订购生产设备、筹措建厂所需的资金。县里有关部门热忱欢迎韦美返乡创业，县领导这一点做得很好，不管大小商家一概鼎力支持。这一年的10月，韦美与县易地扶贫搬迁生态民族新城农民工创业园服务中心签订入驻协议，正式成立大化永钜电子厂。

永钜电子厂拥有8条线缆生产线、20余台注塑机、30余套线缆测试设备以及数十台全自动连接器焊接设备，生产场地1000平方米，每天生产各种线缆10余万条。这个办厂规模，让韦美有足够多的就业岗位可以提供。

韦美招收员工时，有个不成文的"霸王"规定，只招收留守妇女和贫困户。韦美这样“霸道”，自有她自己的想法。招收留守妇女，是为了让她们有就业岗位，免得她们因为生计而丢下小孩和老人外出务工。她本身就曾是一个留守儿童，太了解留守儿童和空巢老人的处境了。童年的很多记忆，她已淡忘，唯独深夜里撕心裂肺呼唤妈妈的感觉，她永世不忘。她这次返乡再创业，是想为家乡创造更多的就业岗位，让家乡少一些留守儿童和空巢老人，让他们多得到一些陪伴和温暖。

招收贫困户劳动力，当然是为了解决他们的就业问题，增加家庭经济收入，让他们早日脱贫致富。在厂里，韦美规定员工每天的上班时间是上午 8 时至下午 5 时。这个时间段方便员工接送小孩上下学。逢年过节，她还组织慰问困难职工、优秀员工。员工们的工资一般在 2500 元至 2800 元之间，工作效率高的在 3000 元至 4000 元之间。

韦美的一些举措，常常令闺蜜们匪夷所思或者莫名其妙。就在电子厂办得越来越红火的时候，2017 年 3 月，韦美去应聘大化镇流水社区扶贫信息员。这个信息员是个什么角色啊？就是要天天从早到晚填报没完没了的表格，就是每天不停地打电话、接电话还经常受到责骂，就是做好了不一定得到表扬，做错了绝对挨批评的差事。这样一份活儿，就是找不到合适工作的人，也不愿来受这份罪。你韦美一个月还差 2000 多元工资吗？你一个月想拿多少钱，还用去问别人？就连社区的人也不明白。每次下队，常常有人问她：“你都当老板了，还来社区里上班啊？”

韦美是个正常人，智商尤其情商都不低，她做出的决定，自有她的想法。首先流水社区是韦美生长的地方，是她的家乡。回到社区当信息员，本身就是回报家乡，奉献家乡。当了扶贫信息员，就有机会走近贫困户，了解到更多的情况，能让她看到更多需要帮助的人。

说实在话，当扶贫信息员，不是韦美的初衷。她的初衷是好好办厂，为更多的留守妇女提供就业岗位。她自己也知道别人对她的不理解，甚至说她中了毒或者中了蛊。可是，社区居委会的老干部们却有不同的看法。他们认为，韦美返乡创业，事业蒸蒸日上，红红火火，说明她不会再离开家乡了。她当上社区扶贫信息员，说明她彻底扎根家乡，这样跟着她干的人就有信心了，就没有后顾之忧了。老干部们对她说得最多的一句话是：达美啊！你自己混得好了，还要牵着大伙混得跟你一样好哦。

那年 7 月，韦美光荣地加入了中国共产党。

从 2019 年开始，韦美把产业链延伸到贫困户的家门口：先后在拿银社区、流水社区、都阳镇、古河乡、六也乡等地设立扶贫车间和外发加工点，提供了 300 多个就业岗位；并派出技术人员上门培训，免费提供生产加工所需的基本设备和工具。各乡（镇）扶贫车间就业人数及外发到户将近 200 人，外发到户加工月产值达到 30 多万元，外发加工户人均月收入 1800 多元，实现了互惠双赢。

2020 年 9 月，大化城西产业园正式落成。为了创造更多的就业机会，带动更多的人增收致富，韦美与产业园签订

4000平方米的工业厂房，在大化永钜电子厂的基础上，注册成立了广西汉谷电子科技有限公司，规划建设成为年产值2000余万、可以提供400个工作岗位和服务300名外发户的综合产业链。

2021年1月和2月，流水社区“两委”换届，韦美先后当选社区党支部书记、居委会主任。此时的流水社区“两委”，除了两位上一届“两委”的老前辈，其余4人全是年轻人。韦美的当选，自然是众望所归，韦美的个别闺蜜却有些“失望”：这个韦美啊，办工厂当老板当得好好的，偏偏要去“遭那份罪”。

上任伊始，韦美就带领全社区党员干部、居民开展乡村风貌提升和农村人居环境改善工作，具体工作就是“三清三拆”，即清理村巷道乱堆乱放的建筑材料，清理房前屋后的杂草杂物、积存垃圾，清理沟渠池塘溪河的淤泥、漂浮物和障碍物；拆除旧房危房、废弃猪牛栏及露天厕所，拆除乱搭乱建、违章建筑，拆除非法违规广告、招牌等。

社区党员干部深入居民小组开展宣传动员后，“三清三拆”工作得到全体居民的拥护和支持。30多名居民志愿参与到“三清三拆”工作中来，他们有的拿着锄头挖除路边杂草杂物，有的拿着铲子清理水沟淤泥、垃圾，有的拿着柴刀砍掉延伸到路上的树枝，有的开着铲车、拖拉机清运堆放在公共场所或路边的陈年垃圾、建筑垃圾，拆除乱搭乱盖的违章建筑。

一天，有居民来跟韦美反映，屯子路口有一段路，被一堆从路边山坡上方垮塌下来的黄土占据了半边路面，居民开车出人很不方便。一些居民自发去清理路面，但每次施工都被一个“狠人”阻拦，不了了之。

韦美说：“扫黑除恶搞得这么狠，流水社区居然还有狠人？”

居民说：“此人确实狠。”

“他叫什么名字？”

“德很。”

韦美当即召集“三清三拆”全体工作队员赶往现场。

屯子出口处，一堆黄土占据公路路面的一半。那已不是纯粹的黄土，而是泥土或者耕地了，上面已种上了玉米。彼时正值春季，一株株玉米傲然屹立，似乎在向人们宣示自己无可争辩的“主权”。

韦美手一挥，铲车轰隆隆地开过去。

一个壮汉忽地从路上方跳下来：“这是我家的地，你们不能动！”

铲车的轰鸣声停息下来。

韦美问：“你是哪个？”

壮汉说：“我就是德很。”

韦美说：“原来是你！这本来就是路，怎么就成了你家的地？”

德很说：“这玉米是我种的，不是我家的地我会种吗？不是我家的地哪个野仔给我种？”

韦美耐心地跟他讲理：“玉米是你种的没错，不就是当初你种的时候没人阻止嘛。你就是种上了玉米，也不能证明就是你家的地啊！大伙都晓得这泥土是你家的土地从上面垮塌下来的，但也不能证明就是你家的地，你家的地在上面。”

德很说：“你们当初不讲就是默认，这一片土连上面的地都是我家的。”

韦美说：“怎么不讲了？几次来清障都被你阻拦。”

德很说：“我不管，反正你们哪个也不要动。”

德很挡到了铲车的前面。

韦美说：“你看，这堆泥土一堵，进出只够一辆车通过，很不方便嘛。”

德很说：“我才不管你们方便不方便，反正我也没有车。”

韦美说：“你这是不讲道理了。”

德很歪斜着脑袋：“我就是这个样子。”

韦美说：“这样好不好？居委会负责砌一面护墙，护住你家的地，以后再也不会垮塌下来了。”

德很说：“那也不行！”

韦美终于爆发了：“居委会都做到这个份上了，你还讲不行，你到底想怎么样？”她指着机手说：“铲！把路还给大家。”

德很没想到娇小秀气的韦美这么强硬，他冲上前去，手指着她恶狠狠地说：“你信不信我打你。”

“你敢！”韦美昂着头颅，“板洪屯（大化县公安局拘留所所在地）房子的铁门马上为你敞开。”

德很似乎听到了那铁门咣当一声脆响，脑袋耷拉了下来。

半夜，有闺蜜发来微信：“厉害！”

韦美回复：“所有逆袭，都是有备而来；所有光芒，需要时间才能被看到；所有幸运，那是努力埋下的伏笔。”

第二章

8. 驻村路上手脚并用

9. 为爱而来

10. 让搬迁群众拿到银子

8. 驻村路上手脚并用

黄佩珍到戈从村担任驻村第一书记那年，石柳玲才嫁来戈从不久。黄佩珍到达戈从村的那天，是 2015 年 10 月 22 日，农历乙未羊年九月初十。

那天，单位的一个同事专程送她履新。两人从大化县城出发，一路颠簸来到邻近的弄雄村时，弄雄公路正在进行水泥路面硬化施工，禁止车辆通行。黄佩珍和同事只好把车子停在路边，拉着行李箱徒步前行。行李箱小轮子摩擦水泥路面发出的声响，像一支乐曲，一支简单的进行曲。乐曲虽然单调，却让黄佩珍感到愉悦。这大概就是古人所说的人逢喜事精神爽吧。履新，就是喜事嘛。尽管没能坐车往前走了，可她愉悦的心情并未因此变得糟糕。两人一路走一路说笑。大约走了一公里，欢笑声连同进行曲突然戛然而止。水泥路的尽头是坑坑洼洼、石块突兀的路面。

黄佩珍看着同事：“走吧，不是水泥路也得走啊，难不成要返回去？”

黄佩珍提着行李箱，同事打着棉被，两人深一脚浅一脚地继续往前走。足足走了十来公里，才来到戈从村部驻地板花屯。

板花屯其实就是一个山坳口，已是危房的村部办公楼就在山坳口边上。

老党蒙朝忠提着黄佩珍的行李箱，引领她和同事走上办公楼二楼。也许是楼房天花板比较薄、行李箱比较重的缘故，黄佩珍明显地感觉到老楼在轻微地震动，像那种三四级的地震。

身后的同事嘀咕道："这楼不会塌吧？"

蒙朝忠说："暂时还不会。"

同事说："你不会是指这几天吧？"

蒙朝忠说："至少这两年不会，但建楼报告我们必须缩短年限。"

同事说："你既诚实又狡猾。"

蒙朝忠说："老狗嘛，见过滚水的。"

黄佩珍没说什么，但原计划在二楼召开的全村党员会议，还是被她改到村部附近的戈从小学去开。

教室外面有一些村民在旁听。一个老人估计忍不住了，拄着拐杖进到教室来，大声嚷道："你们村干部和工作队都是孬种，都是窝囊废！全村没有一条像样的公路，连村级路都没得硬化。"蒙朝忠见状，急忙站起来扶着老人，把他引出门外。黄佩珍这才注意到，老人双目失明。蒙朝忠把老人送走没多久，一个光着膀子的醉汉挺着个大肚皮，直接来到黄佩珍的面前，在课桌上狠狠地拍了一掌："你就是新来的第一书记？我们搬迁户从山上搬下来好久了，一直都还没用上电，你看怎么办？"

醉汉用力过猛，黄佩珍的身子也跟着震颤起来。第一次到村里开展工作，第一次遇到这样的场景，第一次面对群众的质问，黄佩珍感到心窝上像被扎了一根根针，心头似有千斤巨石在压着。

过后黄佩珍才知道，老人是板花屯的五保户，名叫陈玉恩。拍桌子质问她的是贫困户毛巴钢，他刚从山上可以望得见红水河的岩烟屯搬迁到公路边建房。这两个大闹会场的人，和一些村民一样，非常抵制村干部和驻村工作队队员。为什么？就因为上一届村“两委”的3位村干部贪污低保、生态公益林款，被村里的正义勇士举报，锒铛入狱了。一些村民就认为，村干部和工作队员都是不想为民办事的，只想自己的腰包。

本来是一次见面会、欢迎会，没想到变成了听证会、质询会。

戈从村属岩滩水电站库区高寒大石山区村，位于七百弄乡西北部。村委驻地距离乡政府驻地15公里，西南与北景镇江栋村、西北与北景镇板兰村隔红水河相望，东北邻板升乡八好村，东靠本乡弄呈村，东南连本乡弄雄村。全村19个村民小组21个自然屯429户1494人，其中贫困户143户贫困人口632人，贫困发生率42.3%。耕地面积1126亩，人均0.7亩左右。主要产业为养殖业，其中饲养的七百弄鸡和七百弄羊的数量居全乡各村之首。大部分屯还没通公路，村民运送物资主要靠人挑马驮。水资源奇缺，村民饮水主要靠水柜积蓄的雨水。

戈从村还是出了名的“党组织涣散村”，被称为“矛盾村”和“癌症村”。所谓“癌症村”，不是指村里患癌症的人多，而是指村里积存很多难以解决的问题，存在很多“顽症”。

接下来的日子，黄佩珍和村“两委”干部、驻村工作队队员走屯串户，开始精准识别。她每天背着照相机、录像机，沿着蜿蜒崎岖的山路，走进每一个自然屯、每一个贫困户。

有一天，黄佩珍和蒙朝忠到戈水屯上王昔小队、下王昔小队、戈水小队开展水渠、屯级路、危房改造等核查工作。下午两点多，又赶往星满屯。通往星满屯的路是一条长满杂草的羊肠小道，黄佩珍拖着打战的双腿，走一阵歇一下，走了两个小时，才走进何队长的家。

刚一进门，何队长就问：“你的脸色怎么青青的？”

黄佩珍有气无力地说：“饿坏了。”

早上吃了一碗米粉到现在，黄佩珍还没进食过。

何队长立刻去菜地摘了两根黄瓜，递给黄佩珍和蒙朝忠。接着她又一口气吃光了两碗队长爱人准备的黑豆粥，这才慢慢地缓过劲儿来。黄佩珍说自她参加工作以来，还从没有这么狼狈过。

如果不是亲自走一遭，黄佩珍真不敢想象戈从村的贫困程度如此之深。一些贫困户还住在六面透风的破旧木瓦房里。大冷天的，一些小孩只穿着单薄的衣裳，有的甚至光着屁股赤着脚丫。曾有人质疑过“六面透风”之说，说房子不是只有四面吗，怎么多出了两面。黄佩珍说：你们应该到现场来看看，待在办公室看材料是弄不明白的。其实另外那两面，一面是房子的顶部，瓦片破损了，风雨就进来了。一面是脚下的木板（木瓦房一般都是两层，下层饲养牲畜），木板破烂了，下面就有风儿灌进来。明白了吗？

黄佩珍把白天在屯里拍到的照片，经过处理后通过 QQ 和微信朋友圈发布出去，并呼吁网友们关注贫困山区儿童，让山区的孩子温暖过冬。第二天，仅仅一天时间，大化县内的热心网友就捐了 10 多袋衣物送到县总工会。县总工会是黄佩珍的单位，是戈从村的帮扶联系单位，也叫后援单位。几天后，县总工会先后收到来自全国各地热心网友寄来的衣物 30 大袋。

黄佩珍将这些爱心衣物重新打包装车运到村里，叫来全村 19 个队的队长，各领一袋发放给贫困户，另外把 11 袋分给戈从村小学的孩子们。孩子们领到衣服后，当即穿到身上，兴奋得像过年穿上新衣裳一样。

这天，黄佩珍来到三卡屯。走进队长秦洪世的家，一个妇女坐在铺着棉毯的地铺上，怀里抱着一个姑娘。姑娘的脸白得像一张纸，瘦得让人担忧。

秦洪世介绍说姑娘是他的二女儿，名叫秦三秀。2012 年，年仅 17 岁的秦三秀到广西医科大学第一附属医院检查，查出患有左胫骨骨肉瘤，并有向右肺转移的可能。此后 4 年时间里，秦三秀经历 3 次手术 9 次化疗，花掉了 40 多万元，掏空了家里的积蓄，还欠了一屁股债。病情没见好转，反而更加严重了。2015 年，秦洪世带着女儿去复查，被诊断为骨肉瘤并肺转移瘤，癌细胞已扩散到肺部。她浑身疼痛，需要有个人经常帮她揉揉、捶捶。有时候疼痛难忍，她就往柱子上撞去……如今，只能靠盐酸吗啡缓释片强效镇痛。

黄佩珍的心儿被揪得一阵一阵疼。

秦洪世掀开盖在女儿下半身的棉被，瘦得皮包骨的她，双腿竟然肿得犹如象腿一般。黄佩珍惊呆了，“触目惊心”都不足以形容她见到眼前这一幕时的心情，她拿出200元钱塞到秦三秀母亲的手里。此时此刻，所有的安慰都显得苍白无力，黄佩珍只是默默地握着秦三秀的手。走出屋外，她仰起脸来，双手合十，眼前模糊一片。

回到村部，黄佩珍把秦三秀的病发给她一个专门研究骨癌与肺癌的朋友。朋友是个医学博士，他给黄佩珍回复了4个字：听天由命。

黄佩珍的情绪低落到了极点，她觉得她得为这个苦命的姑娘做点什么。

趁着回县城开会的机会，黄佩珍向单位反映了秦三秀的情况。领导同意让她帮秦三秀申请总工会的一份大病医疗救助福利，同时捐给秦三秀慰问品和慰问金。黄佩珍还通过网上募捐，得到大化县实验中学10位教师捐赠的花生油、大米、棉被等物品。

黄佩珍和驻村工作队队员带着3500元的大病医疗救助福利和总价值2000元的爱心物资，再次来到秦三秀家。秦洪世愣在那里，不敢相信眼前这位就是才认识16天的第一书记！半晌，他才说出一句：“好书记！”

在开展精准识别、精准调研那段时间里，黄佩珍的父亲病倒了。这位年近七旬的退休老校长，把毕生献给了贫困山区的教育事业。在他女儿也要为贫困山区群众做一点事情的时候，他却因为脑梗倒下了，还并发糖尿病、高血压、肾衰竭等病症。父亲只有她和妹妹两个女儿，妹妹在一个乡政府上班。父亲病倒后，驻村的黄佩珍只能把照顾父亲的重担交给妹妹，这让她很不安。按理说，这副担子应该由她这个长女来挑。自古忠孝难两全，她所能做的，只能是有会议时回到县城，利用晚上的时间去给父亲洗洗脚。

黄佩珍用了不到 3 个月的时间，就摸清了全村 143 个贫困户的“家底”，基本掌握了村民急需解决的困难和问题，并制定了相应的帮扶措施和全村今后的发展规划。

精准扶贫开始后，所有贫困村的群众都有一个共同的愿望：修路。戈从村大部分的屯不通公路，村民养大的猪羊没办法运出去。有钱的村民想推倒老旧的木瓦房，修建砖混结构平房，也没办法实施。迫切需要建房的村民，只好以蚂蚁搬家的方式，雇请村民肩挑背驮把建筑材料运进屯里。

黄佩珍望着高高的山坳，那些连通山里山外的山路，就像挂在大山之上的一根根绳子。什么时候这些绳子才能变成一条条彩带，飘绕在群山之间？

黄佩珍在弄奖屯走访时得知，这个屯竟然离北景镇的江栋村很近。因为近，弄奖屯乃至村里的其他群众，平时生个小病什么的，都习惯到江栋村的诊所去请医问药。要是生了大病，就到江栋村坐车去都阳镇中心卫生院乃至县人民医院治疗。就是平常外出，也习惯从弄奖屯走到江栋村，再在江栋村乘车出去。

2015 年春节的一天，有个村民的丈夫突然病倒。大家帮助她把丈夫抬到江栋村公路边，再坐车赶往都阳镇中心卫生院。到了卫生院，医生检查一番后说："你们来晚了。"

村民无法接受这个残酷的现实，央求医生把病人送到县人民医院去救治。医生满怀同情地对她说："没用了，你们把他送回家吧。"丈夫的手，在她的手心里慢慢地冰凉下来。村民说要是通公路，她丈夫当时一倒下，救护车就可以进到屯里接走，她丈夫现在肯定还能和她在外地打工。

黄佩珍决定为修建戈从村至江栋村的公路努力一把。她把群众的想法和自己要打报告的想法，向单位领导做了汇报。单位主要领导很重视，指派分管领导来到戈从村，和黄佩珍一起去实地勘察，先了解项目的可行性。

2016 年 3 月一个晴朗的上午，黄佩珍和同志们从戈从村弄奖屯山坳口向山下的江栋村那除屯走去。沿途草木葱茏，鸟鸣啾啾。温暖的阳光照在山野之上，也照在每个人的心坎上。大家有说有笑，走走停停，讨论未来公路的走向。

半路上，两位打柴的老人热情地招呼道："黄书记，旅游呀？"

黄佩珍一看，是弄奖屯的群众，说道："走线呢，看能不能修一条路通到江栋村去。"

"修路到江栋去？难啰，哪个给我们修哟。"

另一个老人说："怕是路修通了，我都去见阎罗王了。"

黄佩珍说："难讲啵。"

看着黄佩珍信心满满的样子，两位老人提着柴刀，走在队伍的前面，披荆斩棘为他们开路。

黄佩珍在修路报告第一段“重要意义”中，特别提到了那位村民的丈夫因为交通不便得不到及时救治的事。蒙朝忠却说，报告的第一段不一定要写得很长，关键是接报告的那个人手一定要长，否则再长的纸也是废纸一张。

蒙朝忠的话虽然让黄佩珍的心有点拔凉拔凉的，却一下提醒了她，她人生中第一次草拟的报告，还不知道送到哪里去。

黄佩珍跟县发改局的老同学说出了自己的苦恼。老同学告诉她，现在有一些以工代赈的项目，可以把报告拿来给他看看，他帮递交上去。老同学还告诉她，报告除了给县发改局，还应该各递交一份给县府办和县移民局。黄佩珍如获高人指点，赶忙把报告打印一式三份，拿到乡政府盖章。

公章很小也很轻，盖一个红印不费吹灰之力。公章也很大很重，不是想盖就能盖的。黄佩珍拿报告去盖章时，遇到了一点小麻烦，原因是修建这条公路会占用戈从村和江栋村村民的耕地和坟地，涉及征地赔偿问题，不可能实施。

这是很现实的因素，也是很普遍的因素，哪有修公路不占地的！黄佩珍私下也听到有人在议论，听到了一种“强势”的声音。表面上是戈从至江栋这条村级公路实施难度大，实则是这条公路一旦打通，戈从、弄雄、弄呈等村的群众将不再取道或者很少取道七百弄街圩，这将会对街圩的繁荣发展产生影响。

麻雀虽小，也有肝大的病；地方虽小，也有石头一样的阻力。报告不但盖不了章，还受到各种冷嘲热讽，说黄佩珍正在做一件不可能实现的事情。一直在控制体重的她，连续多日吃不下睡不着，很快就瘦了一圈，身材一下子苗条起来。

深夜里，黄佩珍辗转反侧，索性打电话给休产假的乡党委书记。书记先是将她表扬了一番，说现在一些基层干部在工作中缺少的就是这种敢想敢干的精神。然后说你明天就送报告过去，回头我再打电话给办公室，叫他们给你签字盖章。

报告是递交上去了，黄佩珍却没有如释重负的感觉，反倒有一种强烈的忐忑不安的感觉。她不知道，报告递交上去会面临怎样的命运。是被遗忘在文件堆里，还是一级一级地按程序送到领导的案头？她不禁想起了蒙朝忠的那句话，心头有一种拔凉拔凉的感觉。

5 月的一天，河池市移民局和大化县移民局的同志带领技术人员来到戈从村，对从戈从村弄奖屯至北景镇江栋村那除屯的村级公路实地勘察，表示将这条村级公路列入库区新建项目。

弄那村级公路（戈从村弄奖屯至北景镇江栋村那除屯）得以修建，让黄佩珍坚信，只要努力去争取，就一定会有所收获。此后，她又接连打了几份报告，请求上级有关部门硬化板花屯 1 公里、戈水屯至戈合屯 2 公里、戈后屯至板升乡八好村弄结屯 5.6 公里的屯级路。

附带记录一下，在黄佩珍驻村满一年的时间里，戈从村先后实施建设 8 条公路：2016 年 3 月下旬，硬化乡政府驻地至戈从村村部驻地板花屯水泥路 15 公里；7 月，硬化戈从屯水泥路 1.8 公里；8 月，硬化岩烟屯水泥路 2.6 公里；10 月，硬化戈水屯弄作坳口至上王昔小队水泥路 1.6 公里，建设戈水屯弄作坳口至三卡屯水泥路 2.34 公里，硬化戈后屯至戈合屯岔路口水泥路

1.1公里，硬化戈合屯至板花屯水泥路2.689公里；开工建设牙归坳口至花眉屯沙石路3公里。

那天，黄佩珍将便民候车亭的报告递交给县运输管理局后，已到下班时间。马路上是一道道回家的车流，滚滚向前。黄佩珍想到自己已有一个多月没回县城了，很久没和家人吃一餐饭了，也很久没看望父亲了，不禁悲从中来。父亲经过一段时间的治疗，没能康复如初，左脚左手都不听使唤了。有一次，父亲上卫生间，跌倒在地，站不起来，只好爬行去拿手机，拨打黄佩珍丈夫的电话，丈夫却下乡去了。他没打给黄佩珍，他知道黄佩珍远在戈从村，没有小车，路又远，往返一趟不容易，就打给了黄佩珍的妹妹。妹妹只好放下手头工作，赶回家来照顾父亲。

晚上，全家人一起吃饭时，聊到父亲上卫生间摔倒的事，妹妹就责怪她："没有你，扶贫工作就不运转啦？没有你，戈从村委就停摆啦？"

黄佩珍默默地听着。

父亲却替她回答："你还别讲，现在村里的工作真的离不开佩珍。"

黄佩珍凝望着父亲，两行滚烫的泪水从脸颊上滴落下来。

驻村前黄佩珍曾专门征求过父亲的意见，她可以向组织如实反映父亲的身体和家庭情况，请求组织另派他人驻村。父亲却说："你是7月1日出生的，7月1日是什么日子，你肯定明白。无论你走到哪里，无论你在什么岗位，你都要永远记住这个神圣的日子。”父亲总是提醒她记住 7 月 1 日这一天，因为这一天不只是她的生日，也是党的生日。她是父亲的女儿，更是党的女儿。

第二天早上，黄佩珍要返回戈从村。妹妹很疑惑：“今天不是周末吗？你怎么回去了？”黄佩珍歉疚地说：“我联系了南宁一个爱心团体，约好今天到村里开展公益活动。你多辛苦点，等我驻村回来，全部由我照顾阿爸。”

《大化瑶族自治县脱贫攻坚“七百弄鸡”产业发展工作方案》出台后，七百弄乡成为主战场。乡里与县里签订了养殖 10 万羽七百弄鸡的协议，加上各农户养殖 10 万羽，共 20 万羽。黄佩珍想，戈从村的养殖业在全乡还是很有典型性和代表性的，是全乡 10 个村养殖畜禽数量最多的村，发展势头比较快，规模也比较大，只要带领全村群众齐心努力，再重的任务也是可以完成的。

动员会上，黄佩珍向参加会议的农户宣传养殖“七百弄鸡”的扶持政策。不但有贴息贷款，还有奖补资金。销售路子多，可以自己销售，也可以通过合作社销售，还可以通过政府商务平台销售。当场就有 32 户村民签了近万羽鸡苗的采购合同，其中村“两委”干部每人签了 100 羽，加上县总工会签订给预脱贫的 30 个贫困户每户 70 羽鸡苗，共 11000 多羽，比乡里下达给戈从村的任务数 3000 羽多了 8000 多羽，超额完成了任务。

养殖最大的风险就是瘟疫。假如有一只鸡染上瘟疫，有可能全村乃至全乡的七百弄鸡苗都会染上瘟疫。因此，在村民们订购的鸡苗运到村里之前，必须全部打上预防针。

从县里派到各村负责技术指导的兽医那里，黄佩珍掌握了一只鸡从出壳到8个月左右的预防措施与步骤，学会了给鸡苗注射疫苗，俨然成了一个技术员。每天，她不仅要和驻村工作队队员、村“两委”干部们开展“八有一超”等脱贫攻坚工作，还要到各个农户家里给存量鸡苗注射疫苗，准备迎接新鸡苗的到来。

黄佩珍和驻村工作队队员、村“两委”干部商定，在花眉屯办一个养殖点，以点带面，促进养殖业规模化发展。可是，花眉屯没有合适的场地，怎么办?

没有场地，就自己整出场地来呗。

黄佩珍找到在村里修屯级路的钩机师傅，恳求他开钩机来义务平整场地。又先后分别打报告给县畜牧水产局、科技局、供电局，请求解决鸡舍、羊舍、资金、技术、规划、用电、设备以及配套设施等。

很快，县畜牧水产局的批文下来，同意支持花眉屯建设一个500平方米的鸡舍，硬化水泥路，建设总容量420立方米的水柜3个。申请“七百弄鸡”孵化机等设备的报告也有了回音，然而申请安装变压器的报告迟迟没有回复。没有电，岩烟屯搬迁群众就一直生活在黑暗中，那个醉汉毛巴钢还会再来拍桌子。花眉屯养殖点就没办法建起来，孵化机就成为摆设。

早在两个月前，为了解决岩烟屯搬迁群众和花眉屯养殖点的用电问题，黄佩珍就找到了供电所负责人谈申请安装变压器的事。她以为戈从村邻近板升乡，安装变压器和电表的事应该由板升供电所来负责。板升供电所负责人告诉她，戈从村不属于他们的管辖范围，属于岩滩库区村，应该找岩滩供电所。报告送到岩滩供电所后，到现在都没有消息。

黄佩珍打电话给岩滩供电所负责人，问报告送上去了没有。负责人答复她，报告已送到大化供电局，到目前为止还没答复。

挂了电话，黄佩珍坐不住了，她觉得不能这样等下去，必须主动去跟踪这份报告。

黄佩珍来到大化供电局办公室，一名工作人员接待了她。

黄佩珍问道："戈从村请求安装两台变压器的报告，落实了没有？"

工作人员说："我这里没有收到关于戈从村请求安装两台变压器的报告。"

黄佩珍说："是吗？那我再问一下岩滩供电所的人。"她当即拨打手机，打开免提，让工作人员也听到他们的通话。

挂了电话，黄佩珍对工作人员说："你都听见了吧，岩滩所两个月前就把报告送过来了。"

工作人员摆出一副无辜的样子："我一直在这里，真没收到你说的报告。"

黄佩珍微笑着说："要不我再打一次电话，让你跟他对质一下？"她用的是"对质"而不是"对接"。

工作人员说："那好吧，我再找找。"

工作人员找了一阵，终于从一个抽屉里找到了那份报告。他把报告递给黄佩珍："是这份吧？"

黄佩珍接过报告，看到原先两张洁白的 A4 纸已略微暗黄，还有一些或大或小的霉斑。显而易见，这份报告待在抽屉里“静养”已有很长时日了。要是自己不来，它也许就这么一直“静养”下去，直到有一天被塞进碎纸机碎掉，一点声息都没有。黄佩珍不禁又想起蒙朝忠的那句话，他绝对是见惯了滚水的人。

黄佩珍叹息一声：“眼明不懂眼瞎的黑啊！”随即又自言自语道，“不过人世间谁都不是瞎子，谁都能看清谁的嘴脸。”

工作人员似懂非懂地尴尬地笑着。

黄佩珍问：“下一步是我把报告送到领导手上，还是你来办理？”

工作人员说：“当然是我来办理。”

黄佩珍说：“戈从村没有电的人民拜托你了。”

黄佩珍要了供电局领导的号码，时不时就电话“骚扰”一下。她一次又一次地说：“拜托了！拜托了！”

不久，河池市供电局拨付 10 万多元在戈从村安装两台变压器及数个电表，解决了毛巴钢那些搬迁群众和养殖点的用电问题。而一个村一次申请得到两台变压器，也成了先例。

供电局批复那天，黄佩珍还接到县运输管理局的电话，说河池市运输管理局批文给戈从村一个修建便民候车亭的指标，请她告知乡领导带政府公章到县运输管理局办理手续，领回图纸就可以施工了。

2016 年的冬天来得特别早，也特别冷，可对于戈从村弄阶屯贫困户罗正忠一家来说，这个冬天特别温暖，特别温馨。

这天中午，12 辆小车开进弄阶屯。车子一停稳，陆续下来一个个大人和小孩，他们是从城里来的。来人从车上搬下大米、食用油、面条、水果、棉被、毛毯、衣物等物资。他们带着东西走访慰问了五个特困户后，来到一座低矮的木瓦房前。

房屋的四周用树枝合围，两侧用几根粗大的木头撑着。屋里拥挤杂乱，3 个床铺分散在各个角落。米仓、箩筐、锄头之类的农具随处摆放。屋内一角的火灶，袅袅地冒着人世间的烟火。

房屋的主人和两个小孩局促不安地站在陌生人的面前。

黄佩珍给来访的人们介绍，这户人家是建档立卡贫困户罗正忠，这是他的两个孙子。他们夫妻二人一共生育有 4 男 4 女共 8 个孩子。老大老二老三是女儿，都已嫁人了。老四就是这两个小孩的父亲。他还有 3 个儿子和 1 个女儿正在初中、小学读书。

黄佩珍介绍的时候，一个留着长发面庞圆润的女子蹲下来，把罗正忠身旁的一个男孩搂到怀中。人们随着女子的眼神，注意到男孩子的左胳膊有明显的凸肿。

男孩叫罗龙贵，2012 年出生，他的弟弟 2013 年出生。他们的父母没有登记结婚就生下了他们俩，到现在两兄弟都没有上户口。他们的父母 2014 年到广东打工后，就再也没有回来过，也没有跟家里人联系。听说他们的妈妈已经离开了爸爸。罗龙贵爬上水柜玩耍时，摔下来导致左胳膊骨折。

“骨折可以治好的呀，怎么把孩子的手臂耽误成这样了？”长发女子说。

罗正忠无奈地说：“没钱治啊！当时只拿中草药来敷。”

黄佩珍向罗正忠介绍道：“这是南宁市真教育培训学校的张

校长，她今天带学生和家长来我们村，是专门来看望罗龙贵的。”

张校长对罗正忠说：“这样下去，孩子会落下残疾的。”

罗正忠无言以对。

张校长说：“如果你没意见，我带孩子到南宁去做手术。”

做手术不是说做就能做的，得办理入院手续。手续需要户口，而小罗龙贵是没有户口的。落实小罗龙贵上户口的事，自然落到了黄佩珍的身上。

黄佩珍来到乡派出所，说明情况后，民警告诉她，给罗龙贵兄弟俩上户口，必须叫他们的父母回来做 DNA 亲子鉴定。亲子鉴定需要 2000 多元。钱可以想办法，可上哪儿去找小罗龙贵的父母？这让黄佩珍为难了。

天气越来越冷，黄佩珍又来到罗正忠的家。不为别的，就想来看看小罗龙贵。好像只有这样，她才能够尽快想到解决小罗龙贵上户口的办法。

黄佩珍通过大化县公安局政工室的蓝主任，联系到了户政管理大队蓝大队长。黄佩珍电话不打了，直接到公安局去找蓝大队长。到了公安局，电梯正在运行，黄佩珍等不及了，直接攀着步梯来到蓝大队长的办公室。蓝大队长听了小罗龙贵的情况后说，这事比较特殊，等他组织相关人员研究后给她回复。

很快，蓝大队长电话回复黄佩珍，经讨论研究，小罗龙贵上户口的事可以特殊处理，请戈从村委出具证明，通知当年接生小罗龙贵的人以及至少 3 个同村屯的人到场做证，做了笔录后，就可以给小罗龙贵上户口了。

黄佩珍高兴地跳了起来：“世上无难事，只要肯登攀。”

村公共服务中心、戏台、篮球场以及宣传栏施工期间正值冬季，加上长时间不降雨，戈从村陷入严重缺水的境地。办公楼施工用水，要到乡政府所在地去买水运来。

戈从村小学的72名师生也面临用水困难。学校原有一个180立方米的水柜，但在修建村部办公楼的时候被推倒了，乡政府另外给学校3个水柜建设指标在别处重建。村部附近那口水井在旱季一天最多也就能抽上来20担水，完全不能满足学校师生用水需求。没办法，黄佩珍只好向七百弄乡实验学校打报告，请求支援戈从村小学一车10吨的水。

然而，10吨水对于72名师生来说，并不能用多久，何况学校3个水柜倒板乃至保养也需要用水。为了保证学校水柜建设和师生日常生活用水，黄佩珍久不久就要打电话向七百弄乡实验学校陆校长求助。此外，她还联系爱心人士王老板帮忙。

戈从村弄阶屯位于红水河边上，王老板就在那里养殖七百弄鸡、七百弄羊和各种鱼类，雇佣村里几户贫困户帮工。王老板听了黄佩珍的反映，毫不犹豫地捐出了1000元，让她去买一车10吨水给学校。

天不降下雨水，人间自有甘霖。黄佩珍就这样一车水一车水地帮助戈从村小学72名师生度过了那个旱季。

小罗龙贵的手臂在南宁治好后，他又回到了他们那个危旧的木瓦房。黄佩珍和村“两委”同志商量，着手帮助他家实施危房改造。房子至少要建两层，第一层是100平方米的畜禽栏，以便今后小罗龙贵的爷爷奶奶饲养一些鸡猪牛羊等。第二层也是100平方米，是用来住人的。两层估计需要花费10万元以上。

黄佩珍负责申请“危改”补助资金，不足的部分，张校长答应联系社会爱心人士筹集。不到半年时间，小罗龙贵的新家就建起来了。

因为工作表现突出，2018 年 4 月，黄佩珍被评为 2016—2017 年度河池市“优秀第一书记”、自治区“美丽广西”乡村建设（扶贫）优秀工作队员。

2018 年 5 月 7 日，农历戊戌狗年三月廿二，黄佩珍驻村任职期满，就要离开戈从村回单位了。从驻村的那天起，她已经在这里奋战了 929 天。告别座谈会在新办公楼三楼举行。

走在前面的蒙朝忠故意把楼梯踩得很响亮。他扭过头来对黄佩珍说：“回去告诉你那位同事，这回可以抗击八级地震。”黄佩珍笑而不语。

和刚来第一天的见面会一样，一些群众自发前来参加。那位失明老人陈玉恩来了，那个拍桌子质问黄佩珍的醉汉毛巴钢也来了。不过这次毛巴钢没喝酒，手上还拿了一面锦旗。拿锦旗的不止毛巴钢一人，好几个村民也带来了锦旗。锦旗上有的写着“为民脱贫　风雨无阻”，有的写着“心系贫困户　真心搞扶贫”，有的写着“为民办实事的好书记”。朴实的语言，说出了戈从人民的心里话。

看着锦旗上那一句句饱含深情的赞誉，黄佩珍泪流满面。之前所有的心酸、委屈，所受的误会、刁难、谩骂甚至恐吓顿时烟消云散。面对这些赞誉，她觉得自己受之有愧，觉得自己为乡亲们做的还是太少太少，她应该还可以为他们做得更多更多。同时，她也深深地体会到，只有把别人认为不可能的变成可能，扶贫工作才会有突破，才会有亮点。只有真正用心用情用力为贫困乡亲们解决实际问题，所有的努力与付出才会赢得他们的认可。

陈玉恩老人走上前来，摸索着握住黄佩珍的手："小黄啊，我是个盲人，可我每天都见到你进出板花屯坳口的影子，你是去也匆匆回也匆匆啊！"

黄佩珍哽咽着说："谢谢您！恩叔。"

陈玉恩说："这两年多，你瘦多了，不过你变美了，美得像一朵花。"

黄佩珍说："恩叔，我本来就是一朵花呀，一朵党花。"

9. 为爱而来

湖北恩施姑娘周艳群成为广西大化人，是在 2010 年。那年 8 月，23 岁的土家族姑娘周艳群，刚从湖北省黄冈师范学院毕业，就报名参加“西部计划”到极度贫困县广西大化瑶族自治县做志愿服务。当时学校报名参加“西部计划”的同学有 100 多人，结果只有 6 位同学通过。那时候，周艳群已是一名中共预备党员。到祖国最需要的地方去，奉献青春和热血，经受历练、收获成长——这句话在周艳群的心中不是一句空洞的口号，而是一个实实在在的行动。

来到大化后，周艳群做好了到某个乡村中小学去支教的准备，因为她本来就是来支教的。但是，组织没有安排她去支教，而是把她安排到县委办上班，理由是工作需要，实则是组织考虑到去乡下支教，条件太艰苦了，怕她吃不消。人家一个年轻的妹崽（到大化来就叫妹崽了），大老远到我们这个地方来，怎么忍心“流放”她到山沟沟里去呢？

共产党员是块砖，哪里需要哪里搬。既然是工作需要，那就服从组织的安排吧，活泼开朗的周艳群愉快地到县委办上班了。在县委办，她腿勤手快、进入角色快，很快就熟悉适应机关的工作，协调能力、组织能力、上传下达能力有了一定的提高，得到了很好的锻炼。

服务期满1年后，周艳群想，自己参加“西部计划”的初衷，是为了支教，是为了上讲台。如果没能去支教就结束了志愿服务，将会是一辈子的遗憾。彼时，同是“西部计划”志愿者的恋人邓陆义已到板升乡团委任职。于是，周艳群向县团委提出申请，要求到板升乡中心小学去支教。

板升乡地处大化县最北部，距离县城124公里，所辖面积300平方公里，是大化距离县城最远、自然环境最差、面积最大的乡镇。从大化县城驱车到乡政府，要经过古河、都阳、七百弄等3个乡镇，行程需要4个小时。这两个青年也真是的，志愿志愿，越“志”越远，“志”到最远的乡镇来了。

当时板升乡中心小学有12个班，一到六年级每个年级两个班，共有600多名学生、33名教师。整天跟天真烂漫的学生在一起，周艳群第一次真正地感受到作为一名人民教师的光荣和愉悦。自豪的同时困难也随之而来，学生们听不大懂她略带湖北口音的普通话。山里的孩子们听惯了带有广西方言的普通话，这种普通话叫“南普”。“北普”和“南普”差别还是挺大的，比如“北普”说“行不行”，“南普”说的是“得不得”。汉族学生说的西南官话，虽然和湖北话有些相似，但很多她还是听不懂。壮族学生讲的壮话、瑶族学生讲的瑶话，她更听不懂了。她那么喜欢孩子们，孩子们也那么喜欢她，他们的交流都遇到了障碍。为了能和孩子们顺畅地沟通交流，周艳群经常放学后到街上和当地群众聊天，也和他们沟通交流，学习当地的方言。磨炼了一个学期，周艳群终于学会了当地一些简单的日常用语。从那以后，她上课时用标准普通话，解释说明以及课外和学生交流时尽可能用当地的语言。

2012 年 3 月，县里面向社会公开招聘乡镇中小学教师，周艳群想报名参加考试。但她不符合条件，或者说一个条件限制了她。这个条件是，报名者必须是大化本地户籍。一心想成为一名正式的小学教师的周艳群感到很懊恼。

一天晚上，周艳群拎着一袋水果来到覃老师的家。覃老师是板升街上人，平时跟她关系比较好，周末经常邀请周艳群到她家吃饭。

覃老师见到周艳群，惊讶道："你这么客气做什么呀？"

周艳群跟覃老师说了乡镇中小学教师招聘的事，她想把自己的户籍从湖北恩施转过来，挂靠到覃老师家，这样她就可以报名了。

覃老师像不认识周艳群似的盯着她："妹啊！你这是真的志愿、真的服务了。别人都是千方百计把户口往大城市转，你却想方设法把户口转到这山沟沟里来。"

当周艳群拿着覃老师的户口簿和她自己的户口簿来到乡派出所时，派出所杨警官很热情地接待了她。杨警官说："周老师，你的举动很让我感动，可是你要挂靠到覃老师家，估计很难，因为不符合户口转移条件。不过我还是给你一个回执单寄到湖北那边，我也希望板升能有你这么一位优秀教师啊。"

有关方面很快回复，覃老师不是周艳群的父母亲，挂靠不了。

周末晚上，周艳群来到乡政府邓陆义的宿舍。

邓陆义的宿舍是集体宿舍，两个床架4个铺。4个舍友都是大学毕业生，如今依然住在“大学生宿舍”里。3位舍友是大化本地人，周末回家去了。邓陆义是广西武鸣人，他俩是到大化做志愿服务后相识相恋的。武鸣离大化约100公里，从板升到武鸣有200多公里，他很少回去。这时，邓陆义正在制作五四青年节文艺晚会表演道具，乡里经费拮据，他得亲手制作。

周艳群来到电脑前：“很久没听歌了。”

邓陆义说：“你听啊！”

周艳群在电脑上搜索了一阵，打开了一首歌。

这是一首他们都熟悉的歌。

终于做了这个决定
别人怎么说我不理
只要你也一样的肯定
我愿意天涯海角都随你去
我知道一切不容易
我的心一直温习说服自己
最怕你忽然说要放弃
爱真的需要勇气　来面对流言蜚语
只要你一个眼神肯定
我的爱就有意义
我们都需要勇气

去相信会在一起
人潮拥挤我能感觉你
放在我手心里　你的真心

邓陆义放下手中的活儿，踱过来："还有一首《勇气》也蛮好听的。"他打开了这首歌。

我爱你
无畏人海的拥挤
用尽余生的勇气
只为能靠近你
哪怕一厘米
爱上你
是我落下的险棋
不惧岁月的更替
往后的朝夕
不论风雨
是你就足矣

"咱们结婚吧！"周艳群突然对邓陆义说道。她的脸上顿时泛起红晕。她的这一句话，看似有些仓促，其实是经过了深思熟虑的。毕竟和邓陆义相识相恋一年多来，她也看出他是一个值得托付终身的人。

邓陆义顿了一下说："结婚？就在这里吗？"他用手指了指

这个集体宿舍。

周艳群说："这里不可以结婚吗？"

"当然可以！"邓陆义说，"可我还没准备好呢。"

周艳群说了一声："哦。"

看着周艳群失望的样子，邓陆义说："我现在一无所有，怕担不起家庭责任。"

周艳群说："结婚了，我的户口就可以迁过来了。"她把报考教师因为户口被卡的事告诉了邓陆义。

邓陆义调皮地问道："你是因为考试而结婚，还是为了和我组建家庭？"

周艳群严肃地回答："都是。"

2012 年 5 月 14 日，周艳群和邓陆义领取了结婚证。他们的婚房，是乡政府一间小小的宿舍。没有婚宴，没有婚纱，没有红地毯……小小婚房里反复播放的是《勇气》。

周艳群结婚后，户籍顺利地迁移过来，她报考了教师。为了保险起见，她还参加了县里的公推直选。顺利通过公推直选后，2012 年 9 月，周艳群被分配到百马乡团委工作，被选为乡团委书记。结婚 4 个月后，这对年轻的夫妻就开始了牛郎织女般的生活。

周艳群的志愿服务期到了，当年跟她一起来到大化的 5 个同学，都回了各自的家乡，只有她留了下来。周艳群爱她的爱人，也深深地爱上了脚下这片神奇美丽的土地。

2014 年 4 月，受组织的委派，周艳群到百马乡下和村担任驻村第一书记，既要负起驻村第一书记的职责，又要兼顾乡里的工作，村里乡里两头跑。那时她的第一个儿子邓君林还未满周岁，她的母亲从千里之外的湖北恩施过来帮她照顾。母亲从武汉坐火车到南宁，从南宁坐班车到大化，再从大化坐班车到百马——女儿嫁的地方真够远了。到了 2014 年底，家婆接替了周艳群母亲的角色。可家婆总是“举头望明月，低头思故乡”，三天两头就往武鸣跑，这是可以理解的。每当这个时候，周艳群就背带一扎，背上小邓君林，撑起雨伞下乡去了。

2017 年的一天早上，百马乡信用社主任打电话给周艳群，说有一批扶贫小额信贷指标，要她尽快到村里去核查，符合申请条件的尽快收集材料上报。

自从 2016 年下半年下和村弄委屯的韦再福成为全县第一个享受到扶贫小额信贷的贫困户后，村里的许多贫困户就想着能申请到扶贫小额信贷，扩大养殖规模，发展产业。周艳群一直都记在心里，想到弄包屯有很多贫困群众早有申请扶贫小额信贷、扩大养殖规模的打算，她就决定到弄包屯去开展核查，收集贫困户发展产业的图片等材料，帮助他们申请扶贫小额信贷资金。

村委会主任蓝秀艳开车到乡政府来接她，顺便当她的翻译。驻村那几年，周艳群什么困难都能克服，唯独语言这一关没能完全攻克。在板升支教时，当地人大多讲西南官话，跟她讲的湖北方言相差不远，还容易学。到了下和村，当地人要么讲壮话要么讲瑶话，她就一直学不好，只会说一些简单的话。

蓝主任来到乡政府接周艳群出发时，已是上午十点多。那几天，家婆正好回武鸣。周艳群来不及煮饭吃，塞给小邓君林一瓶优酸乳和两块蛋糕，就抱着他上了车。来到弄包屯下了车，周艳群背上小邓君林一户一户地走访核查，跟贫困户要相关证件，拍摄产业图片。11 户人家走下来，已是下午一点多。回到乡里，周艳群顾不上吃饭，立即着手复印贫困户相关证件，打印产业图片，整理好每一户的申请材料，在下午上班时交到了乡信用社。这期间，小邓君林一直在她背上沉沉地睡着。

正当她忙碌的时候，弄包屯贫困户帕邦忠（方言，邦忠的老婆）打来电话："你怎么还不来我家呀？"

虽然帕邦忠的普通话很难懂，但周艳群还是听懂了大概意思。周艳群以为帕邦忠说自己还没去她家核查，可上午她入户核查的第一户就是帕邦忠家，于是说道："我去过你家了呀，现在已回到乡里了，正在整理报送你们的申请材料呢。"

帕邦忠说："你答应来我家吃饭，怎么不来了呢？"

周艳群这才恍然记起来，她上午入户核查结束临走时，帕邦忠对她说煮饭等她来吃，她也答应了，最后自己竟然忘记了。

那天下午，帕邦忠竟然托人包着两只鸡腿送到乡政府来给她，说是给她的儿子小邓君林吃的。

周艳群打开芭蕉叶，看着金黄油亮的鸡腿，眼眶一下子湿润了……

周艳群到百马乡下和村驻村，丈夫邓陆义则到板升乡八好村当挂村领导。夫妻俩都是脱贫攻坚工作的成员，都是驻村干部。相对于其他村，八好村的脱贫攻坚任务更为艰巨。村名是八好，其实一样都不好。邓陆义一头扎进村里，很少有时间从板升回百马来看望儿子。周艳群默默地承担这一切，边带着小邓君林边开展驻村工作。有人说，他们家仨都是扶贫人，背上的小邓君林也是。脱贫攻坚期间，周艳群的父亲生病住院，她一次也没回过恩施。除了结婚时带邓陆义回去见过父母一次，后来再也没回去过。

2018 年年初，周艳群怀了二宝后，依然战斗在脱贫攻坚第一线。直到 2018 年 12 月，分娩的前三天，她才直接住进医院。

为做好易地扶贫搬迁后续工作，县里成立了易地扶贫搬迁后续扶持管理工作专责小组，并从专责小组和县城的安置区社区居委会安排人员组成工作专班，调剂 18 个事业编制、4 个行政编制专门从事易地扶贫搬迁后续扶持管理服务工作，全方位、全覆盖、无死角服务，会同古江、拿银两个万人以上规模的大型安置区社区党支部、居委会做好管理服务工作。

2020 年 4 月，周艳群调到大化镇人民政府，并被派驻古江社区担任第一书记，专门开展易地扶贫搬迁后续扶持管理服务工作。

在古江社区，周艳群和社区老党唐丽梅一道，整天为搬迁群众的后续扶持管理工作忙碌着。那些从下和村搬迁出来的群众，知道周艳群来古江社区上班了，平时有什么事，就喜欢找她帮忙。

2020 年 8 月的一天，从下和村娅练屯搬迁出来的搬迁群众小韦拿着扶贫手册找到周艳群说：“周书记，我这个月明明没有做工，她却填写我这个月有收入，你说她怎么能这样做呢？”

小韦说的“她”，是他的帮扶干部，周艳群跟她认识，是刚从学校出来参加工作的一个姑娘。她平时可能跟小韦沟通较少，还在村里的时候，小韦有什么事总不找她，就直接找周艳群。当初他想易地搬迁，写申请、收集档案材料、报名抽签要房等，都是周艳群帮他一手操办的，而且很幸运，他直接抽到了现房。

周艳群拿过小韦的扶贫手册一看，帮扶干部填写的月收入都是 1500 元，就问：“你一个月的打工收入是多少？”

小韦说：“4000 多元。”

周艳群说：“你看，你做的是建筑活，虽然不是每个月都有工可做，但一年平均下来，每个月的收入也差不多是 1500 多元吧，她这样写也没什么错，你就不要纠结这点了。”

小韦说：“平时政府有什么扶贫政策，她也不及时跟我说。我搬迁后，她也不告诉我怎么把低保转过来。”搬迁群众在安置区享受的低保金额要比在村里的高，低保一直没办过来，这让小韦很郁闷。

周艳群说：“低保没办过来，你也不能全怪帮扶干部，有时候该你自己跑的你也得自己跑。”

小韦说：“关键是我不知道怎么跑啊。”

周艳群说：“你的帮扶干部也许做得不是很好，但毕竟也帮过你不少。你想想看，除了帮扶干部，这些年来，还有比她跟你联系更多的人吗？”

小韦无话可说。

周艳群说：“你不能把帮扶干部当作你的手、你的脚、你的嘴，不能让帮扶干部帮你呼吸、帮你吃饭、帮你活着。”

小韦低下头来。

周艳群说："回头我帮你把低保转过来就是了。"

在古江社区，周艳群和唐丽梅很多时候是一唱一和，有时候一个唱白脸，一个唱黑脸。共同使命是做好搬迁后续扶持管理服务工作，让所有的搬迁群众都乐享幸福生活。

爱是一种很神奇的东西，让人为之甘愿付出一切。为了爱，有人愿意放弃生命、金钱、名利；为了爱，有人愿意不远千里，到一个陌生的地方去奉献自己的青春和智慧；为了爱，有人不惜远离故乡，远离父母、兄弟、姐妹，只身和钟爱的人战斗在一起……他们，是新时代的青春之歌。

10. 让搬迁群众拿到银子

拿银安置区所在的那个地方，确实叫拿银。拿银安置区是大化县易地扶贫搬迁与城镇化结合试点工程项目之一。前面介绍了拿银安置区每一栋楼的侧面墙上，都喷绘有一幅巨大的禽畜画像或一种农作物、农具。这里简要说一下拿银安置区的基本情况。安置区规划总用地面积 1500 亩，主要建设安居工程及配套的基础设施、后续产业配套设施和公共服务设施，总投资约 20 亿元。项目分两期建设，一期（东区）规划建设 20 栋安置楼，于 2016 年 7 月开工，2017 年年底建成使用，安置建档立卡贫困人口 1342 户 6244 人；二期（西区）规划建设 41 栋安置楼，于 2018 年 8 月开工，2019 年 10 月底建成使用，安置建档立卡贫困人口 1730 户 7673 人。拿银安置区是无土安置，即搬迁群众是没有耕地的，贫困户自愿搬入后，接下来就要让他们有活干，能拿到银子。

覃彦媛和周艳群同时于 2020 年 4 月调到大化镇人民政府，同时被派驻到安置区的社区担任第一书记，专门开展易地扶贫搬迁后续扶持管理服务工作。周艳群去的是古江安置区的古江社区，覃彦媛则去了拿银安置区的拿银社区。

平日里，覃彦媛带着社区的同事们登门入户开展摸底调查工作，分门别类整理清楚。对有工作的搬迁群众，她就列为跟踪对象，确保他们稳定就业。对还没有工作的搬迁群众，她就和县人社部门对接，有合适的招聘岗位，她就把招聘信息发布到搬迁群众的微信群里，让他们去应聘；对那些没有智能手机、从来不会接发微信的搬迁户，覃彦媛就逐一上门去推荐招聘信息。

下班后，覃彦媛在城区里散步，就特别留意大街小巷张贴的那些招工信息，碰到合适的，就及时告知有需要的搬迁群众。引导搬迁群众创业，帮助搬迁群众找工作，是覃彦媛来到拿银社区后一直热衷做的事情。

覃彦媛担任拿银社区第一书记之前，曾在 2012 年 3 月至 2018 年 3 月担任岩滩镇吉发村驻村第一书记。在吉发村驻村的时候，她动员六孟屯的贫困户覃介文搬迁到了拿银安置区。覃介文 2018 年搬迁到县城区后，没有了土地，常年跟别人做建筑工，他的妻子没有文化，工作也比较难找。覃彦媛知道后，就把替她找工作的事放在了心上。有一次，她在大街上看到有个制衣厂招工，工厂就在县城，待遇也不错，就把招工信息告诉了覃介文的妻子，覃介文的妻子去试工后，留在了制衣厂工作。覃介文夫妻虽然离开了土地，但靠着在县城务工，收入也还算可观。覃介文妻子每次见到覃彦媛，总少不了要聊上几句，而每一次，总少不了说声感谢的话，感谢她为自己找到了一份工作。

在社区里，覃彦媛虽然来的时间不长，可她很快就和搬迁群众混熟了。有事没事，她就喜欢在社区里走一走，来到人多的地方，就过去和大家聊天，就像在村子里一样，大家愉快地聊着家长里短。而覃彦媛和大家聊得最多的是搬迁到这里以后，住得习惯不习惯，靠什么收入过日子，以及县里的创业就业政策，等等。覃彦媛曾动员不少搬迁群众租下拿银东区市场和西区市场的摊位，进行自主创业。

2020 年 6 月的一天，覃彦媛入户开展工作回来后，顺道去拿银东区市场走走，看看摆摊的搬迁群众。闲聊中，覃彦媛提醒大家，拿银小学已经建好了，到 9 月份就开始招生办学，学校门口对面刚好有一个门面，你们谁有想法可以把它租下来开个午托班，前景应该很不错。

覃彦媛所说的门面，是县里有些乡镇的村集体购置的商铺，这些村集体通过把商铺出租出去增加村集体经济收入。

覃彦媛这么说的时候，当时也在一旁的搬迁群众韦卫梅听了，说道："我认识一个搬迁户，她女儿曾在私人幼儿园当过老师，最近一直在找事做，我去跟她说说，她应该有想法。"

这个韦卫梅是个热心人，也是社区里的志愿者，每当社区里有什么事，她都积极参与。

覃彦媛说："那你跟她说说，如果她想做就来找我。"

第二天，韦卫梅带着一个叫冉玉梅的女孩子来到社区办公室。覃彦媛带着冉玉梅去看了那间铺面，跟她说起了在那里开午托班的前景，还跟她详细介绍了县里对搬迁群众进行自主创业的一些优惠政策。

覃彦媛给冉玉梅支招："县人社局有3万块创业补贴，你再去申请要5万元扶贫小额信贷，就可以把午托班开起来了。"

听了覃彦媛的介绍，冉玉梅决定把那间铺面租下来开一个午托班。

于是，覃彦媛把如何申请扶贫小额信贷，如何申请创业补贴，如何把那间铺面租下来等一些她知道的情况详细地跟冉玉梅说了一遍。

覃彦媛对冉玉梅说："你放心大胆地干下去，我们一起为你出谋划策。我回头了解一下开午托班需要办理哪些手续，我再告诉你。"

覃彦媛下班回到家，大嫂已在家里等着。这个大嫂可不是一般的大嫂，而是他们家的恩人贵人，以前家里一些"急、难、险、重"的事，都是大嫂援手化解的。

大嫂开门见山道："我二嫂看中了你们社区学校对面的铺面，她想在那里开个食品店。"

覃彦媛顿时感到为难了，她犹豫了一下说："一个搬迁户正在办理开午托班的手续呢。"

大嫂说："还不是你一句话，你给她办就办，不给她办她还能说什么。"

确实就是一句话的事，何况冉玉梅也还没办理手续。但是这一句话覃彦媛可不能随便开口，不能坏了规矩。社区有明文规定，铺面只能给搬迁群众承租，实在没有搬迁群众承租了，才能给外面的人承租。

夜里爱人有些抱怨："你也太铁面无私了。"

覃彦媛说："拿银的银子，只有拿银的人才能拿。"

后来，冉玉梅的托管中心在开学前办了起来，有学生五六十个，既方便了家长，也为冉玉梅提供了就业机会。

阿花住在拿银社区东区，覃彦媛入户摸底调查就业情况时认识了她。

覃彦媛敲开阿花家的门，阿花穿着略显陈旧的宽松的睡衣，一副慵懒、倦怠的模样。她的身后，站着一个目光呆滞的小男孩。

覃彦媛说明来意，阿花把她让进了屋里。阿花一家在 2017 年 8 月搬迁到拿银安置区，不久，她的丈夫不幸去世，留下她和 3 个孩子。3 个孩子中，大女儿在桂林读大学，二儿子在县城一所中学读初中，小儿子患有精神疾病。丈夫生前特别宠爱阿花，都是他挣钱养家，不让她外出务工，也不让她从事任何劳动。丈夫去世后，她的生活完全失去了目标和主张，整个家庭就像一只陷入激流中的小船，危机四伏。

覃彦媛说："你爱人不在了，你更应该找份工作做呀。"

阿花说："我也找过好几份工作了，可我没啥文化，得的工资太少了，后来干脆就不干了。"

覃彦媛说："你不做工拿什么供孩子们读书生活？"

阿花说："我女儿去广东打工了呀。"

覃彦媛说："你女儿不是在桂林读大学吗？"

阿花说："她爸爸过世后，她就休学去广东打工了。"

覃彦媛说："你还是要找份工作安心地做下去，让你女儿回去读书，等她毕业了，你就轻松了嘛。”

阿花说：“我倒是想啊，可是没有好的工作。”

覃彦媛告诉她，拿银安置区后续产业项目建设有就业创业基地，项目已竣工并投入使用了，有个玩具厂进驻置业了，现在有 200 多个工位虚位以待。

阿花问：“工资怎么样？”

覃彦媛说：“工资实行计件工资，月工资在 1900 元左右。熟练以后，正常月工资可以有三四千块钱。”

听覃彦媛这么说，阿花心动了。覃彦媛又说：“你去上班后，就叫女儿回学校接着把书读完。”

阿花满口答应。

一个月后，阿花主动找到覃彦媛，叫覃彦媛帮助安排一个公益性岗位给她。

覃彦媛问：“不是安排你到玩具厂上班了吗？怎么又突然想着要公益性岗位了？”

阿花说：“工资太低了，我已辞工出来。”

覃彦媛瞬间无语。过了一会儿，覃彦媛才说：“你刚开始进厂，做工还没熟练，工资肯定低啦，你坚持下去就好了嘛。”

“关键是我受不了那股塑胶味。”阿花说着，皱起了眉头，仿佛有一股浓烈的塑胶味朝她袭来。

覃彦媛说：“这么好的工作你都不愿意做！公益性岗位现在没有指标了。”

阿花说：“你就想办法给我争取一个嘛，哪怕当个保洁员也行。”

覃彦媛想了好多办法，总是没能满足阿花的愿望，她只能一次又一次地替她另想办法。

想到阿花没有什么劳动技能，覃彦媛就推荐她参加一些县里免费举办的劳动技能知识培训班，学习家政服务技能。阿花参加培训合格后，覃彦媛推荐她到县里一家月子公司去做工。覃彦媛心想，那里工资高，阿花应该会安心地做下去了吧。不承想，没过多久，她又找到覃彦媛，说自己熬不了夜，要不了那高工资，还是给她安排一个公益性岗位吧。工资低是低了点，但没那么苦，也没那么累。

覃彦媛耐心地跟她解释，眼下真没有公益性岗位安排到安置区了。不要说眼下没有，就是之前的公益性岗位，合同一到期就不再续签了。

阿花一心想要个公益性岗位，覃彦媛却没能安排给她。她又要求覃彦媛帮助申请，把她家享受的 C 类低保调为 A 类低保。可是按照她家的情况，并不符合享受 A 类低保的条件。覃彦媛自然也无能为力，阿花显得有些不痛快。

过了一段时间，覃彦媛再问起阿花女儿的情况。阿花说她还没有回学校上课。覃彦媛想，做母亲的不好好做工，总是挑三拣四，嫌这嫌那的，女儿能安心回校复学吗？想到这里，覃彦媛跟阿花要了她女儿的手机号码，打算跟她女儿聊聊，一方面让阿花女儿做阿花的思想工作，督促阿花安心做工，另一方面是动员阿花女儿尽快回校复学。

2021 年春节过后，县人社部门组织劳务输出，输送一批劳动力到贵港市覃塘区实现就业。覃彦媛知道后，又去动员阿花报了名。

将阿花送上用工企业的专车时，覃彦媛叮嘱她道："你这一次去了贵港，可得好好做工哟，你女儿已答应我 9 月份回校复课了。"

阿花不敢再看覃彦媛，目光落在依次上车的人身上，点了点头。

专车缓缓地驶出社区，滚滚车轮昭示着，脱贫摘帽不是终点，而是新目标、新任务、新号角的起点。

第三章

11. 那只逃命的母猪怀上了

12. 养猪人不相信眼泪

13. 会治病的“猪月嫂”

14. 酿制甜蜜芬芳的日子

15. 全国劳模是个养鱼的

11. 那只逃命的母猪怀上了

猪一批接一批地倒下，然后一批接一批地被活埋，术语叫作无害化处理。在这个残忍决绝的过程中，覃肖密的心像被一把无形的锯子慢慢地切割，她仿佛看见了自己那颗滴血的心。

2019 年那场非洲猪瘟疫情在全国蔓延开来的时候，覃肖密也在电视新闻里看到了相关的报道。尽管感觉疫情离自己还很遥远，但养猪多年的覃肖密还是不敢掉以轻心，敦促覃雄尽快拿疫苗回来。

覃雄不是她哥，也不是她弟，是她的丈夫。当年覃雄追她的时候，覃肖密对他说，咱们两家可是同姓的啵。覃雄说：猪不嫁猪，难道嫁牛羊吗？覃肖密笑他庸俗。覃雄一本正经地说，我是严肃的。覃雄在乙圩乡兽医站上班，是一名年轻严肃的兽医。别的兽医不大爱穿白大褂，覃雄却穿得整整齐齐的。每次进村开展牲畜防疫，防护服也穿得严严实实的。

覃雄家有饲养母猪的传统，覃肖密自小就跟着母亲养猪，真正的门当户对。覃肖密嫁过来后，自然而然就把养猪这个传统发扬光大，把母猪养殖业发展壮大。

2016年，乙圩乡常怀村要成立一个种养专业合作社，发展扶贫产业，带动村里贫困户增收脱贫。县公安局派驻常怀村的第一书记小蓝找到覃肖密，请她当这个合作社的头儿。覃肖密有些犹豫，她不是怕麻烦，而是担心当不好这个角色，实际上就是谦虚。小蓝同志就温馨地提醒道：“肖密同志，你除了是村里的母猪养殖大户，还有另外一个身份，你别忘了哦。这个身份就是共产党员。”覃肖密当然没有忘记。于是她答应了下来，作为一名共产党员，她当然要发挥先锋模范带头作用。再说了，都是养猪，在哪儿养不是养。

当年11月，小蓝同志帮助覃肖密注册成立了大化县常怀种养专业合作社。合作社以养殖本地黑山猪为主，养殖本地绿头鸭为辅。入股社员128户535人，其中贫困户105户440人，约占全村贫困户的50%；妇女35户，成员占比27%。入股股金主要以现金为主，共筹集股金20.14万元。2017年，合作社租下60亩土地建设养殖场，从一开始繁养的10头母猪，发展到后来的存栏母猪103头、猪崽300余只。

覃雄拿着猪瘟疫苗、口蹄疫疫苗、伪狂犬疫苗、细小病毒疫苗、三联疫苗等几种疫苗回到村里，带着覃肖密给猪打疫苗，从大到小，一头一头地打。因为还要忙着乡兽医站的工作，覃雄没能帮覃肖密打完猪疫苗就回乡兽医站去了。

覃肖密拿着一支脚趾般粗的注射器，接续给猪打疫苗。给猪打疫苗，对覃肖密来说不是第一次，养猪的哪有不会打针的。即便这样，每打一头猪，对她来说都是一次挑战。除了那些猪崽，每一头大猪都会把她弄得狼狈不堪。她左手拿着注射器，右手抓着猪的耳朵。猪也知晓这一针不好受，不停地甩头，不停地往后退，她就跟着猪在猪圈里转圈。每一头大猪都是50公斤以上，比她的体重还要重。猪轻轻一甩头，就挣脱她那只纤细的小手。每挣脱一次，覃肖密就只好放下注射器，双手去抓住猪的耳朵，跟猪周旋，等猪稍微安静下来，她才又拿起注射器往猪的耳后根猛地扎下去……

疫苗打了，养殖场也消毒了，覃肖密和丈夫不知道哪个环节出现了问题，合作社的猪最终抵挡不住来势凶猛的非洲猪瘟的突袭。

2019年5月的一天早晨，覃肖密像往常一样走进猪场，她最不希望看到的一幕还是出现了。一头、两头、三头……转完所有猪圈，已有7头母猪倒下，其中3头产期临近，就要产崽了。

覃肖密拿出手机，还没说话，就嘤嘤地哭了起来。

覃雄在电话那头急坏了，一连串地追问到底发生了什么。

覃肖密哽咽道："猪死了。"又说一句："猪瘟可能已到常怀村了。"

覃雄"嗨"了一声："我还以为出了什么大事，养猪哪有不死的！"

男人就是心硬，何况还是个兽医。

覃肖密气不打一处来，7头大母猪说没就没了，还不是大事啊？最要紧的是，一旦起了这个头，天知道后面情况会发展到哪种地步。

覃雄回到村里，立即对养殖场实行封锁，把有可能感染的3头母猪和11只猪崽进行了扑杀，将它们连同病死的7头母猪进行了无害化处理。随后，夫妻俩又把整个养殖场重新消毒了一遍。

疫情像排山倒海一样不可阻挡。第二天又有母猪、猪崽感染和病死，第三天、第四天也是……覃肖密天天都在祈祷：够了！够了！到此为止吧。疫情没有因为覃肖密的祈祷而收敛。一连十几天，养殖场里每天都有猪感染病毒，都有猪悄然倒下。最多的时候，一天死亡的猪竟然达到35头，养殖场里的猪死了一大半了。

覃肖密每天带人把死猪拉到树林深处，进行无害化处理。她拉去的、埋掉的不是病猪死猪，而是一把把血汗、一沓沓钞票。

有那么几天，养殖场似乎没什么事了，幸存的猪该吃吃该喝喝该睡睡，覃肖密以为消停了。可是并没有，接着又有猪被感染，又有猪倒下。覃肖密整个人快要崩溃了，整日恍恍惚惚的，走路趔趔趄趄，像感染了病毒的猪，随时会倒下。

果然不出所料，不到一个月，合作社103头母猪、2头种公猪、300余只猪崽悉数倒下，全部死亡，一头不剩。

前来帮忙的人都不知道跟覃肖密说些什么，连看都不敢看她一眼。他们默默地把同时倒下的20多头大猪小猪拉出养殖场，拉往树林深处。养殖场里一地狼藉，覃肖密心里也一地狼藉；养殖场一片空荡荡的时候，覃肖密心里也空荡荡起来。覃肖密拿着铁铲，百无聊赖地清理那些残留的猪粪便。她无力地挥动着铁铲，铲着铲着，猪的影子就在她眼前晃动起来。她扔掉铁铲，拖着一声长嚎，逃出养殖场的门。

森林里，一台钩机正在挖坑。挖出的新泥，散发清新的气息。

坑三下两下就挖好了，像一个四四方方的坟坑。很快就呈现一种场景，猪在里头，覃肖密在外头。

最后一头奄奄一息的大黑猪被抬上前去，人们嘴里数着“一二三”就将它抛进大坑里去。这是一头肉猪，起码有 70 多公斤重。这头猪是一头“闷猪”，即不孕不育的母猪。多次配种都失败后，覃肖密就把它当作肉猪饲养了。

躺在大坑里的猪一动不动，钩机一斗一斗地往坑里填土。机手不忍心直接将土填到猪身上，而是先填在猪的四周，营造循序渐进、顺其自然的氛围。

终于有一斗泥填到那头猪的身上，它先是动了一下，然后站立起来，抖落身上的泥土。在人们还没完全反应过来的时候，它突然一跃而起，跳出坑外，往树林里跑去，一下子就消失得无影无踪。

“快！把它找回来。”覃肖密带领众人向树林深处跑去。

那天，覃肖密和负责填埋死猪、病猪的社员在树林里找了大半天，那头逃跑的“闷猪”连影子都没让他们见到。眼看天要黑了，大家也就没了寻找的兴趣。覃肖密却强调，活要见猪，死要见尸，明天再多叫几个人，一定要把它找回来。

次日，覃肖密叫来帮忙的十多个人还是一无所获。众人垂头丧气，莽莽原野，山林一片连着一片，天知道它逃到了哪里，说不定已死在哪一丛灌木里了。

覃肖密想想也是，就放弃了寻找，如果是那样，也算是无害化处理了。

覃肖密彻底气馁了，不只是对逃命的“闷猪”，也是对自己的未来。她在犹豫还要不要重新养猪。

最后覃肖密决定，不养了，洗手不干了，不当这个猪倌了。

覃雄耐心地给她分析形势，他们家养了那么多年猪的这个传统，在她手上断送是小事，关键是如何面对那些社员。猪都死光了，没有一个社员嚷着退股，喊她赔钱，况且世行项目已实施到一半了，她这个理事长怎么好意思撂担子！

覃雄这番分析，把覃肖密分析住了。原来2018年年初，县世行项目办看到常怀种养专业合作社办得不错，派人对合作社养殖基地、发展规模等进行了评估，决定给予扶持。同年6月，世行项目开始投资建设相关设施。这就是说，项目还要继续实施下去，猪还得继续养下去。

覃肖密走进空无一猪的养殖场，抛撒石灰消毒，扬起的灰粉令她睁不开眼。突然，一阵猪的哼哼声传到耳边，覃肖密四处张望，什么也没看见。她认为自己出现了幻觉，继续埋头抛撒石灰。一串哼哼声再次传来，她直起腰来侧耳倾听。没错，是猪的叫声，从养殖场外清晰地传过来。覃肖密放下手中的石灰桶，循声找去，只见一头黑色的大猪正在养殖场的墙根处用嘴不停地拱着。走近一看，原来是那头逃命的“闷猪”。

覃肖密惊奇地叫出声来：“天，你还活着？！”

“闷猪”被覃肖密的叫声吓了一跳，它或许不明白，它的回来，它的幸存，对它的主人覃肖密意味着什么。

覃肖密把它叫作“猪坚强”，照着以往家里繁养母猪的土法对它进行喂养。喂养了一段时间，“猪坚强”长得越来越肥硕。覃肖密回忆，“猪坚强”当初都是人工配种，登记在案的就有 7 次。这 7 次人工配种都没配成功，而自然配种就没有配过。人工配种当然成功率最高，但凡事没有绝对。覃肖密想，现在干脆给它来一次自然配种，顺其自然呗。如果这次自然配种再不成功，就把“猪坚强”当作肉猪卖了。

应邀前来给“猪坚强”自然配种的是一头强壮的大洛克公猪，它是从岩滩镇下皇村甘怀屯坐一辆农用车过来的。公猪出行一般都有专车接送，除了酬金还有营养补助，主要是黄豆和鸡蛋。本屯及周边的本地黑公猪都在猪瘟疫情中米了（方言，死光），唯独剩下这头大洛克公猪。这是后话。“猪坚强”好像感知到了主人赋予它的使命和寄托在它身上的沉甸甸的希望，它积极配合，一丝不苟。

4 个月后的 2019 年 11 月，常怀种养专业合作社迎来两件大喜事，一件是世行项目投资兴建的各项基础设施顺利通过验收，另一件是“猪坚强”顺利产下了 12 只健康的猪崽。

世行项目投资兴建的各项基础设施虽然通过了验收，但为了保险起见，覃肖密没有马上采购猪苗进场。直到 2020 年 5 月非洲猪瘟疫情过去 1 年后，覃肖密才采购了第一批猪苗进场。

覃肖密经营的常怀种养专业合作社，与韦爱合经营的六说村仙旺农民专业合作社一样都是世行项目，采购猪苗也同样要遵循“先购后报”原则。2019 年 5 月的非洲猪瘟疫情，让覃肖密直接损失 50 多万元，她已没有钱来给养殖场购买更多的猪苗了。

正当她左右为难之际，她的丈夫覃雄敢作敢为，帮助她申请信用社贷款，申请公积金贷款，刷信用卡，购进了 136 只猪苗。通常人医医人，兽医医牲口，覃肖密家里这个兽医“既能医牲口，也把她这个人医好了”。

猪苗采购回来后，覃肖密把它们暂时安置在另一座土坡上的养殖分场，只把其中的 3 只拿到旧场地跟“猪坚强”一起饲养。这时候，“猪坚强”又产下了一窝猪崽，共 11 只。在旧场地试养 3 个月后，3 只猪苗发育良好，覃肖密才把养殖分场里其余的猪苗移到旧养殖场。

截至 2021 年 2 月，常怀种养专业合作社有存栏母猪 136 头、种公猪 3 头、猪崽 200 只。预计到 6 月份，合作社可以实现第二次分红。到时社员获得的分红每股最低可得到 50 元以上，比 2019 年 1 月第一次分红还多出一倍。

覃肖密认为，翻开新的一页，不一定意味着要从头开始，而是意味着从好时光和坏时光中学习以后，将所得用到新的开始上。人有时候真的要像猪一样坚强。

12. 养猪人不相信眼泪

如果她不养猪，而是一心一意种田种地，她现在会是什么样子？如果她只自己养猪，而不成立什么合作社去带动贫困户，她是不是不会欠债累累？如果……如果你没有意见，咱们就继续讲述关于养猪人的故事，讲述覃亮梅的故事。这个章节的3位主人公，都是养猪人。现实生活中有一种现象，鸡肉、牛肉、羊肉、鱼肉不一定天天吃，猪肉却是要天天吃的，因而猪肉就成了市场的风向标，关于养猪的话题自然也就多一些。

今年43岁的覃亮梅是都阳镇武城村妇联主席，也是一名共产党员。2011年2月，覃亮梅动了创业的念头，想通过发展肉猪养殖业闯出一片天地，拥有一份属于自己的事业。当时，覃亮梅手头只有2万元。对于一个想要发展肉猪养殖业的人来说，这点钱是远远不够的。覃亮梅不管那么多，一心一意要把肉猪养殖业发展起来。光是修建猪舍，她就花费了4万多元。没有钱买猪崽，她就到处跟亲戚朋友借钱，开始踏上肉猪养殖之路。后来听说有独生子女家庭创业贴息贷款，只有一个孩子的覃亮梅申请了3万元来扩大养殖规模。县妇联了解到覃亮梅创业的艰难情况后，帮助她申请了5万元的妇女小额担保贴息贷款。慢慢地，覃亮梅的养殖规模达到存栏有肉猪70多头。2015年，她还申请到了扶持资金，修建了一个200立方米的产业水池。

覃亮梅知道，她的产业能发展起来，完全依靠党和政府的支持，要不然她的产业也发展不起来。

覃亮梅的肉猪养殖业渐成气候，她也因此成了镇上小有名气的养殖专业户。2016年年初，脱贫攻坚如火如荼，镇政府领导找到她，动员她成立一个合作社，带动村里的贫困户增收致富。一心想要成就一番事业的覃亮梅觉得这也许是一个难得的机遇。合作社成立起来后，她可以通过“户贷企用”的方式，以带动贫困户的名义得到更多的扶贫贷款，扩大养殖规模。这样一来，不仅能够将自己的养殖业发展起来，还可以带动贫困户脱贫摘帽。

2016年4月，覃亮梅注册成立大化县都阳忠梅养殖专业合作社，开始以10个贫困户的名义申请了50万元贷款，用于扩建猪舍，采购30头母猪、1头种公猪和100只长白猪猪苗。

养殖规模扩大后，养殖场每天产生大量的猪粪，让覃亮梅有了一个想法，即充分利用猪粪，变废为宝。2017年3月，覃亮梅打报告向县能源办申请，争取到30多万元扶持资金，修建了一个200立方米的沼气池。她自己又出资8000元，购置安装沼气远程监控器，让全屯36户群众都用上了沼气。

2017年和2018年，覃亮梅尝到了创业致富的甜头，她带动的10个贫困户42人，每年每户都按时分到4000元的分红。

覃亮梅想，如果事情总是往好的方面发展，她拥有一份属于自己的事业这个愿望不至于会落空，带动的10个贫困户跟着自己增收致富这个愿望也会变成现实。

2019年，同行覃肖密遭遇的那场非洲猪瘟疫情，覃亮梅也遭遇上了。村里的群众说，这个疫情是跟风来的。这股“毒风”吹到常怀村，也吹到了武城村。

和覃肖密一样，听说有非洲猪瘟时，覃亮梅也对她的猪舍进行了全面彻底的消毒，给养殖场里的每一头猪都注射了疫苗。然而，6月的时候，非洲猪瘟疫情还是不可阻挡地来到了武城村，覃亮梅养殖场的猪没能幸免于难。

看着一头头肥猪相继倒下，覃亮梅内心一片茫然，她不知道该怎么办。没有人知道她内心的绝望，也没有人知道每死掉一头猪，她的绝望就会相应地加深一层。更没有人知道，每一头猪死去时的重量，都变成压在她心头的重量。只有她自己清楚，这对她来说意味着什么。也只有她一个人，独自承受这一切。

在不到1个月的时间里，覃亮梅养殖场里的233头长白猪几乎全部死光了，偌大的养殖场里仅幸存13头长白猪。200多头猪，那就是50多万元啊！她被这个巨大的重量彻底地压扁了，压垮了。

覃亮梅病倒了，躺到了医院里。

这一躺，覃亮梅躺了八天八夜，也哭了八天八夜。未曾哭过长夜的人，不足以悟人生。

这8天时间里，她想得最多的是那50万贷款。眼看年底就要到期了，她拿什么还上？还不上她就成了老赖，就得上黑名单，成为失信的人。按照她原先的设想，这233头长白猪养大出栏后，不仅可以继续给贫困户如数发放红利，还能如期如数还清50万贷款。最让她想不通的是，自从2011年开始发展肉猪养殖后，她每年都为养殖场里的猪买保险，到2017年扩大养殖规模后，保险公司却不给她投保了，理由是她的养殖场距离县城太远，交通极不便利。她把没能给养殖场的猪投保的情况跟镇政府反映，希望镇政府能帮她找渠道投保。镇政府领导出面帮忙了，结果还是没能投保。

覃亮梅出院回到家里，幸存的13头猪又死去了12头，只剩下一头。和200多头死去的猪比起来，这12头猪没能幸免于难，对覃亮梅来说已无足轻重。她就像一个身受重伤的人，再挨一刀多一处伤口，对她来说已没了多少痛感。只是她不明白，老天爷既然都收走了她那么多头猪，为何又偏偏留下一棵独苗？难道就为了使她不至于彻底绝望？抑或是留给她一个念想？她不得而知。

每天提着猪食去喂那头幸存的猪，覃亮梅总是对它说道："多吃一点，你就是我的50多万。"只是这头猪是肉猪，不是母猪，不像覃肖密那头逃命的"猪坚强"，会给她产下一窝又一窝猪崽，延续她的财源、梦想。

过了20多天，县妇联领导得知覃亮梅的遭遇后，恰好有个去桂林市恭城瑶族自治县参加培训的机会，他们就通知了覃亮梅，带给她组织温暖的关怀。

郁郁终日的覃亮梅哪里也不想去，只想安静地待在家里。

妇联领导开导她，希望她出去散散心。心情好了，一切也就跟着好起来。

覃亮梅去恭城参加一个礼拜的培训回来后，慢慢地想通了，心情也慢慢地好了起来。她意识到，事已至此，想得再多也并不能改变什么，银行那50万元贷款不会自动清零。自己不如静下心来，调整心态，重拾信心。

不要说我们一无所有
我们要做天下的主人
这是最后的斗争
团结起来到明天
英特纳雄耐尔就一定要实现

覃亮梅哼着《国际歌》，拿着一把液化气喷枪，朝着猪舍里的每一寸地板、猪圈里的每一个角落、墙壁上两米以下的地方喷射出熊熊烈焰。这时她的眼前又浮现出正在读大学的儿子帅气的脸庞以及她带动的那10个贫困户期盼的眼神。

在覃亮梅看来，夺走她200多头猪的病菌，就深藏在猪舍地上、墙上。仅仅用石灰、消毒药水是不足以使它们灭绝的，她必须用炽热的火焰将它们彻底地焚烧消灭，再用上石灰和消毒药水，只有这样，她才能从头再来。

一连三天，覃亮梅把猪舍都喷了个遍，整整耗去了3罐液化煤气。

将猪舍猪圈消毒干净后，覃亮梅使向亲戚借钱，买了10头母猪苗，开始了新一轮的养殖。

彼时已是2019年的9月，每年的这个时候，覃亮梅已经给带动的贫困户发放红利了，但是现在她连从头再来的本钱都是跟亲戚借的。想到这里，她就一阵心酸。想当初，她一心想带动10个贫困户增收致富，却因为天灾没能实现。虽然他们没上门来向自己讨要红利，但是，她总该去跟他们说一声。

“猪都死光了，今年红利没钱发了。”覃亮梅一户户登门去说明，以求得贫困户们的谅解。

贫困户甲说：“你不用亲自上门来解释的，我们都看见了。”

覃亮梅说：“我现在又开始养猪了，等发展起来了，再给你们发红利。”

贫困户乙说：“你几百头猪都死光了，不要说利润了，就连本钱也亏完了，如果我还惦记着跟你要红利，我还是人吗？”

贫困户丙说：“你也不要想太多，慢慢再起步吧，把猪养好，先把你的贷款还清了。”

看到大伙儿这么宽容地理解自己，这么贴心地安慰自己，覃亮梅心里热乎乎的，热泪在眼眶里直打转。

说到贷款，覃亮梅心里又一阵难过。眼看3年的贷款期限要到了，她却一分钱也没有还上。

覃亮梅东借西凑，只凑够了10万元。无奈之下，她只好先把这10万块钱还给了银行。因为没能如期足额还款，2020年，覃亮梅被银行起诉。经过法院调解，银行限她在2020年年底之前全部还清所有贷款。这一年，她繁养的母猪开始产崽。她后来又还了几万块钱贷款，但还是没有全部还清，她所有的银行账户因此全被冻结了。

覃亮梅多次找到银行求情，银行方面很同情她的遭遇。但道义归道义，法律归法律，银行最终没能对她网开一面。

没能及时还清贷款，成为一个失信的人，覃亮梅想都没想过。她现在手头一有钱就拿去还贷款，有一块也要还一块。她不曾后悔发展肉猪养殖业，她相信，只要给她时间，她一定可以做得比以前更好。到那时，她带动的贫困户会重新分到红利。

经历非洲猪瘟疫情后，覃亮梅得出一个切身体会：在灾难面前痛哭流涕没有用，求人施舍没有用。就像《国际歌》唱的那样："从来就没什么救世主，也不靠神仙皇帝！要创造人类的幸福，全靠我们自己！"如今，覃亮梅的合作社存栏有母猪 28 头——这是她全部的希望，像每天依然升起的太阳。

13. 会治病的“猪月嫂”

后来覃肖密和覃亮梅都说，要是当时她们认识唐爱团就好了。2019 年非洲猪瘟疫情肆虐时，唐爱团饲养的猪和她指导帮助防疫的养殖户的猪，没有一头感染，没有一头死掉。这是养殖界的奇迹，也是人间的奇迹。

唐爱团是岩滩镇下皇村甘怀屯人，是那头应邀去给“猪坚强”自然配种的大洛克公猪的主人。岩滩镇距离都阳镇约 20 公里。甘怀屯是下皇村村部所在地，是“平原地区”，其实也不是平原，是在山下。唐爱团丈夫韦生龙的家在山里，这是对比出来的或是相对而言的。韦生龙在下皇村当代课教师时，和唐爱团恋爱。到谈婚论嫁时，唐爱团跟韦生龙交底，她同意嫁给他，但不跟他到山里去，理由是山里条件不适合发展，也发展不了。韦生龙就依了她，在甘怀屯和她结婚，但明确不是倒插门。

水电站库区群众的土地少得可怜，唐爱团选择留在娘家住地定居，自然不忍心也不好意思和自家兄弟分田地，夫妻俩只要了一块地皮起房子。

1997 年，23 岁的唐爱团被韦生龙送到马山县卫生学校学医。

3 年后，她学成回到村里，协助丈夫在村里经营一家诊所。2016 年，他们的诊所被改成了村卫生室，夫妻俩也变成了下皇村的村医。村医做得好好的，唐爱团却突然决定改行，改行养猪。改行的动机或者原因其实很简单，就是村里群众的猪病了要打针，来不及找兽医，就找到了唐爱团。人打针打屁股，猪打针打耳朵根，这难不倒唐爱团。唐爱团看到人家养猪养得很好，很有前景，于是就决定改行了，将打屁股的针换成打耳根的针。

唐爱团不想小打小闹，而是要搞成大规模。大规模需要大场地，出于节约化用地的目的，唐爱团在自己房子的空地上建起了一栋 3 层高的楼房，有 400 多平方米。

这样，别人家的猪，住的是平地蓝铁皮屋顶的猪舍，住的是集体宿舍。唐爱团家的猪，住的是楼房，住的是单间。楼房外有可升降的简易电梯，方便唐爱团送猪食上去或是运猪崽下来。每一层都有一个个铁管围成的低架床猪圈，让每一头母猪都有一个属于自己的空间。那些肉猪也享受着和母猪一样的待遇。

唐爱团养的猪，主要是大洛克公猪和杜洛克母猪。楼房的一二三层全都用来养猪，楼顶则用来养土鸡，还种上百香果，为整栋楼隔热。

开始养殖的时候，唐爱团只养了 7 头母猪、16 头肉猪。没有技术，她一面通过网络学习养殖技术，一面向屯里有经验的养殖户取经。更多的时候，她则自己总结研究，自己琢磨。就拿给猪预防疾病这一块来说，唐爱团不像别的养殖户那样，动不动就给猪打针。除了非打不可的预防针，唐爱团不轻易给猪打针。唐爱团平时对猪疾病的预防，主要是通过中草药来调理。她根据疫情情况，根据季节的变化，上山采来中草药，晒干，然后磨成粉，定期喂给猪吃，达到预防疾病的目的。唐爱团认为，人类战胜疾病很大程度依靠自身的免疫力，猪也是这样。

2019年年初，全国各地暴发非洲猪瘟，疫情像洪水一样席卷而来。大约从5月份开始，邻近乡镇村屯逐个“沦陷”，公路上的关卡都设到村里来了。坏消息一个跟着一个传来。乙圩乡、都阳镇、岩滩镇一些合作社和养殖大户养的几百头猪一夜之间死光了。村里的养殖户人人提心吊胆，惶恐不安。

唐爱团除了按常规方法对整栋楼所有猪圈进行药水消毒之外，还结合多年为村民治病的经验，将治疗人的办法用在猪的身上，比如她把作用于平滑肌的西药喂给猪。此外还把十大功劳、金银花、车前草等近10种中草药磨成粉混在猪食里喂猪。紧要关头，她自己的独家配方派上了用场。

岩滩库区除了一个又一个水湾，就是一座又一座土坡。土坡上很少有唐爱团想要的十大功劳、金银花这两种草药，她只好到七百弄大石山区去，那里的山上多的是这种药材。在七百弄山区，唐爱团每天翻山过坳，整整奔波5天，采到大量的十大功劳和金银花。唐爱团有她的想法，村里那些养猪专业户需要得到她的帮助，整个猪瘟疫情需要大家共同抗击。

唐爱团把采来的各种中草药切细晒干，碾成粉末，用报纸包成一个个小包，然后逐户登门送到养殖户的手上。

韦生龙有些担心，提醒她道：“疫情肯定已蔓延到了村里，你这样进进出出会把病毒带进家里来的。”

唐爱团望了丈夫一眼：“我是个党员，这个时候不能只顾咱们楼上的猪。”

除了指导养殖户用中草药对猪舍进行消毒，唐爱团还建议大家采取中西医结合的办法，用中草药和作用于平滑肌的西药同时进行预防，构成双重保险。

也有个别养殖户将信将疑，觉得唐爱团异想天开。治疗人类疾病用的药，不管是中药还是西药，怎么可能用来预防猪瘟？极个别村民甚至认为，唐爱团是借此机会为丈夫推销村卫生室里的治疗平滑肌疾病的西药。

村民有疑惑，唐爱团当然不能勉强他们，毕竟她也不敢确定，她这样做到底能不能防得住非洲猪瘟。不过从开始养猪到现在，她都是这么预防的，所养的猪从来没有发过病。

屯里的养殖户蓝天明和唐奇部对唐爱团的办法深信不疑，对她的帮助感激不尽。他们觉得，采取常规的预防措施是必要的，再采取唐爱团这样的超常规做法，也不损失什么，还多了一层保险。

没多久，电视新闻里报道的非洲猪瘟疫情在下皇村出现了，一些自家养的猪开始倒下。村民们意识到，“狼”真的来了。

可是唐爱团家的12头母猪、30头肉猪，蓝天明家的6头母猪、30头公猪，唐奇部家的7头母猪，还有其他一些养猪户的猪却安然无恙——瘟神好像故意绕着他们家走开去。

甘怀屯最大的养殖户韦小宋养有100多头母猪和肉猪，这些猪在疫情中死了一大半。她很后悔当初没有听唐爱团的。每次聊天谈起，她总是一副恨不得扇自己几个嘴巴的样子，叹息道："真是不听老人言，吃亏在眼前。"

唐爱团也一脸愧疚："当初我要是态度再坚决一些，或许你就接受我的药了。"

非洲猪瘟疫情过后，唐爱团扩大养殖规模，养猪数量达到120头以上，其中有23头母猪。养殖数量多了，唐爱团就更加忙碌了。

她给每头母猪都起了一个温馨的名字，比如"猪大姐""猪美丽""白富美"等。每次喂食，唐爱团都要跟猪谈心交流，跟每一头母猪说话。她的手机不停地播放《两只蝴蝶》《猪之歌》《亲亲猪猪宝贝》等歌曲，为猪助兴，有时还为母猪们拍网络小视频……母猪们对唐爱团熟悉得不能再熟悉了，听到她从外面开来的摩托车的车声或是走过楼下的脚步声，就欢快地叫唤起来。

唐爱团一直认为她是个月嫂，把母猪伺候好，把猪崽照顾好，是她的职责。

让唐爱团最引以为豪的是，她养殖的23头母猪产崽量都相当高，基本上每头猪每次产崽每窝都有12~14只。其中有一头母猪，每次产崽都是18只，有一次甚至产了20只——它就是唐爱团最喜欢的"猪大姐"。

2020年7月，"猪大姐"正躺在产床上等待产崽。一天，唐爱团去捏"猪大姐"的奶头，奶水溢了出来，她知道，今晚又将是一个不眠之夜。

母猪一般都是在晚上产崽，一到它们临产的时候，她就没办法安心睡觉。她把一张折叠床摆放在“猪大姐”的产床旁，晚上睡觉时就在它旁边躺着。她总是无法入眠，刚迷糊一会儿，又醒过来了。差不多凌晨3点的时候，她听到了动静。起身一看，“猪大姐”马上就要生产了。

唐爱团急忙起身，围上围兜，戴上手套，开始给“猪大姐”接生。

“猪大姐”每生产一只猪崽，唐爱团就给猪崽断脐带、擦拭全身，放到保温的大篮子里去。陆陆续续地，直到天亮时，“猪大姐”才顺利生完。一数，有18只，唐爱团身上的疲劳一扫而光，马不停蹄地给“猪大姐”消炎，给猪崽们剪乳牙、打疫苗，帮助它们吃上此生的第一口奶。

“猪大姐”有14个奶头，却产下18只猪崽，4只猪崽没有份额、指标。这就意味着弱小的猪崽吃不上奶。因而一到猪崽吃奶时间，唐爱团就得守在旁边，随时掌控吃奶程序，让猪崽们按部就班地吃，确保吃奶的时候，一只猪崽都不能少，都能吃饱喝足。

忙完这一切，唐爱团抑制不住内心的喜悦，拿出手机拍下可爱的猪宝宝，发到微信朋友圈：“感谢‘猪大姐’，又给我送来了18根‘金条’。”

猪崽们断奶时，唐爱团又拍短视频发朋友圈：“‘姑娘们’要出嫁了。”发朋友圈没多久，就有村民上门“娶”走她的“姑娘们”。那一刻，唐爱团仿若真的嫁了自家姑娘一般。

唐爱团不仅乐于看到自家母猪产崽，也乐于看到别人家的母猪产崽。

2021 年 3 月的一天，韦小宋家的母猪难产。韦小宋担心母猪死掉不值钱，打算叫来镇上的张屠户，以 1000 元钱低价将母猪卖掉。唐爱团闻讯赶到她家，劝她不忙着叫张屠户来，说这头母猪哪止一千块钱咧，一万块都值。韦小宋说它都命悬一线、危在旦夕了，只能贱卖了。

唐爱团说："人能剖腹产，猪也可以。"

"真的？"韦小宋惊讶道。

"当然。"唐爱团说。

"你会做剖腹产手术？"韦小宋问。

"我不会，但有人会。"唐爱团说。

韦小宋说："这人在哪里呀？"

唐爱团说："我马上联系他，此人一到，保证母崽平安。"

唐爱团说的"此人"，是雅龙乡一位年轻的兽医，此人能给母猪做剖腹产手术。唐爱团没见过这位兽医，这是一个养殖技术培训班的授课老师告诉她的。

唐爱团仔细观察母猪一番后，当即拿出手机打了电话。兽医问明情况后，答应明天一早从雅龙赶过来。

第二天一大早，一辆丰田越野车开进甘怀屯，一个面目清秀、理着小平头、戴着黑边框眼镜的年轻人出现在唐爱团的面前。乍一看一点也不像个兽医，倒像是个驻村工作队队员。

唐爱团带着年轻兽医来到韦小宋家。一番寒暄后，年轻兽医穿上白大褂，开始检查母猪的身体。随后叫大家让母猪侧卧在产床上，把它的头和四肢固定住。年轻兽医拿出手术器械，开始了手术。

手术从上午 9 时开始，一直到下午 2 时才成功做完。韦小宋家又增添了 12 只健康的猪崽，最关键的是母猪也保住了。用唐爱团的话说，是印钞机故障排除了。

非洲猪瘟疫情肆虐时，韦小宋的养殖场损失了七八十头猪，欠的几万元贷款没能还上，她也不敢再扩大养殖规模，这 12 只猪崽无疑给她增添了一分信心。

韦小宋握完年轻兽医的手，又握着唐爱团的手："同志啊！你总是在紧要关头出现在我的面前，出现在村民的面前。幸运的是，这次我听了你的话。"

14. 酿制甜蜜芬芳的日子

新酿的酒液沿着管道落在大肚瓷缸里，发出动听悦耳的滴答声。虽然缸口已被红布包裹得严严实实，浓郁的酒香依然飘满了整个厨房。韦爱合家的厨房很宽敞，是占地两间的大平房。房内，整齐地排列着 40 多缸正在发酵的煮熟了的玉米颗粒。墙角，堆放着十几大包金黄的玉米。每天，煮玉米、把煮熟的玉米颗粒用酒曲拌匀封好，是韦爱合多年来雷打不动的一项工作，而这项工作是配合家里发展母猪养殖业开展的。韦爱合家里养有 15 头母猪，每天酿制两锅酒产生的酒糟，足够它们享用一天。

韦爱合 16 岁时父亲就离世了，二八年华的她成了孤儿。送走父亲的第七天，韦爱合含泪离开学校回到家里，挑起全家大梁，协助母亲供 2 个弟弟和 3 个妹妹上学。她说她一个人辍学了，但她的 5 个弟妹一定要把书读下去。每天下地劳作、上山割草、回家煮食喂猪，成了年纪轻轻的她日常的新功课，她也因此过早地尝到了生活的艰辛。

1997 年，听从母亲不要远嫁的意愿，20 岁的韦爱合嫁到了邻近娘家的大化县岩滩镇六说村城下二屯。出嫁后，韦爱合和丈夫大黄没有像大多数年轻人那样外出打工，而是留在家里发展养殖业。嫁来黄家，她没有一件贵重的嫁妆，倒是把饲养母猪、酿酒的技术带过来了。

酿酒，不是个很费劲的活儿，主要是要注意经常换水，始终保持顶端锅头的水是凉的，还有就是要掌握一定的火候，因此，酿酒过程中完全有足够的时间发呆或者做别的。当然，酿酒的时候发呆或者拿手机刷网络小视频对韦爱合来说，是不可能的。她总是闲不住，或者说她总有干不完的活儿。她就算拿手机，也是在工作。有一段时间，韦爱合不停地对着手机给农户们一一发送相同的语音信息："六说村将组建一个专门养猪的农民专业合作社，需要发展至少130户农户入股合作社，现在入股的农户才有五六十户，我想请你也加入我们的合作社……"

2018年年初，岩滩镇六说村计划申报世行贷款广西贫困片区农村扶贫试点示范项目，六说村党支部决定由村委干部牵头，组织成立岩滩镇六说村仙旺农民专业合作社。韦爱合作为六说村村务监督委员会的主任，而且是村里有名的养猪能手，自然而然成了合作社的发起人之一。作为合作社的发起人之一，韦爱合主要负责草拟投资计划书，和县扶贫办负责世行项目的同志对接相关事宜。

同年8月，六说村仙旺农民专业合作社正式成立。合作社主要从事本地黑香猪和瑶山草花猪的养殖销售，推行"党建+合作社+能人+贫困户"和"合作社+基地+能人大户+散户"的经营模式，全部实行林下半放养，采用发酵养殖技术，全程使用构树叶、红薯藤、玉米粉作为主饲料。计划到2022年年底，实现存栏 2000 头商品猪、人均增收 5000 元的目标，把六说村打造成大化瑶山草花猪和黑香猪的生产基地。

岩滩有两样绝世珍品，一样是红水河奇石，即大化石；一样就是岩滩土猪，即瑶山草花猪和黑香猪。瑶山草花猪和黑香猪是岩滩一带特有的土猪品种，这两种猪都差不多，体形属于中等偏小，从出生到出栏，一般需要养殖 12 个月以上，体重可达 40 公斤至 60 公斤，养得久的，体重最多可达 70 公斤。瑶山草花猪毛色黑白相间，四肢也是黑白相间的毛色。黑香猪则全身的毛色都是黑的。这两种猪抗病毒能力比较强，猪皮比较厚，肉质鲜嫩，味香浓，肥而不腻。目前这两种猪，市场上一般没有销售，只有当地的几个合作社养殖，个别养殖大户偶有养殖。生猪价格一公斤 60 元，猪肉价格一公斤 140 元。合作社成立之初，入股的社员并不是很多，按照申报世行项目的条件，合作社需要发展 130 至 150 户农户入股。眼看着入股的社员数还远远不够，韦爱合和另外 4 位发起人——村党支书韦明玉、村委会主任韦安乐以及两个村委副主任韦吉学、韦利姣商议，决定分头动员农户入股参加合作社。

韦爱合发完语音信息，就滑动手机屏幕，看看有没有人回应。出乎韦爱合的意料，不用她一一登门去拜访动员，很多农户都爽快地答应了。她急忙拿来纸和笔，一一记下答应入股合作社的农户名字。当她酿好两锅玉米酒时，纸片上已密密麻麻地写满农户的名字。

经过动员，全村有 131 户农户以资金入股的方式参加合作社，入股股金 22.2 万，总股数 444 股，其中贫困户社员 74 户，占社员总户数的 41.66%；妇女社员 39 人，占比 35.59%。在入股的 131 户社员中，有 70 多户是韦爱合动员的。

社员是招募齐了，按照世行项目的要求，接下来得先购买种母猪进场。可是合作社的标准化高架猪舍、种母猪猪舍、养殖小区、综合业务用房以及配套消毒室、兽医室和水电路等基础设施才刚开始逐步建设，一切都还未完善，种母猪买来了，到哪里去安置？

大伙一筹莫展的时候，韦爱合提议，先用社员入股的股金购买种猪，分散落实到各户让他们先行代养，待合作社养殖示范基地建成后再收回来。

这个办法好是好，农户却有疑虑：这期间母猪下崽了，猪崽到底是社员的还是合作社的？

韦爱合说当然算社员的，到时合作社以市场价回收过来。

韦爱合的提议，得到了韦明玉、韦安乐、韦吉学和韦利姣的赞成，于是先用社员的股金买了 20 头种母猪和 2 头种公猪，发放给有意愿的社员暂为代养。

2019 年年初，非洲猪瘟疫情肆虐，绝大部分养猪户的猪都遭受了灭顶之灾。韦爱合凭着自己多年的母猪养殖经验，指导社员们以及村里的其他养殖户做好预防工作，避免因疫情受到损失。由于预防得当，六说村养殖的瑶山草花猪和黑香猪都没有受到疫情的冲击，合作社发给社员代养的母猪都产崽了。

眼看猪崽越长越大了，社员们却发愁了。受疫情影响，猪崽市场低迷，无人问津，再养下去，哪里有那么多粮食喂养！

韦爱合逐门逐户地走进社员和养殖户的家里，向他们表示她可以找老板到村里来收购，至于猪崽的收购价格，由社员们跟老板具体商谈。

社员们和村里的养殖户都同意韦爱合联系老板过来收购猪崽。很快，韦爱合电话联系上南宁市马山县的猪商朱老板。

“朱老板，我们村里有 300 多只本地黑香猪、瑶山草花猪猪崽，你能不能过来收购？”

“300 多头啊！我哪里收得完，最多收 200 头。”

“这可是市场上少有的品种，你过了我这个村，就没那个店了。”

“我晓得的，这次猪瘟，唯独本地土猪损失少。”

“你的收购价是多少？给我说说，我好跟我的社员和养殖户交底。”

朱老板按猪崽品种、大小报给韦爱合具体的收购价，韦爱合又逐一打电话将猪价报给社员和养殖户。韦爱合提醒大家，这是朱老板初定的收购价，等他过来收购时，大家可以再跟他讲价，能卖到更高的价格最好。

过了几天，朱老板的货车开进了六说村，装上了 200 只猪崽。养殖户对韦爱合说：“这个朱老板很仗义很大方，给的收购价很到位，以后咱们的猪崽还叫他来收购。”

吃饭时，朱老板看到桌边只有韦爱合夫妻俩，就从皮包里拿出一只厚厚的大信封，递给韦爱合：“这是你的辛苦费，也是商场上的规矩。”

韦爱合看了一眼那只信封：“你还不如说是回扣。”

朱老板说：“这是你应该拿的。”

韦爱合将那只信封推了回去：“这个回扣我真不能拿，我拿了在养殖户中就说不清楚了。以后你来村里收购猪崽，把这个信封里的钱匀到猪价上，我和大伙就都有份了……”

200只猪崽找到了买家，还有100只猪崽没有着落。韦爱合又多方联系，后来联系上巴马县一个姓王的老板，王老板说马山的朱老板给多少他就给多少。

王老板来到六说村，让韦爱合带着他到所有的养殖户家里走了个遍。他的货车似乎比朱老板的还大，只装100多只猪崽还不满载。韦爱合说带路可以，猪崽收购价得让群众自己跟他谈。走了半天，王老板把村里的猪崽全都装上了货车。

王老板是带了司机来的，吃饭的时候，他提出要品尝一下韦爱合家的“珍珠酒”。所谓“珍珠酒”，就是韦爱合酿制的玉米颗粒酒。王老板对韦爱合说：“我在巴马都听说了你的酒，口感好，醉了不上头。”

韦爱合招待王老板的不只有“珍珠酒”，还有腊黑香猪肉、腊瑶山草花猪蹄，还有香喷喷的大甲粳米饭。和黑香猪、瑶山草花猪一样，大甲粳也是稀少的种质资源，在大化都阳山脉两侧的都阳、岩滩、北景、羌圩、乙圩等乡镇都有种植的历史。大甲粳品质极佳，口感香润，富有弹性，米饭隔夜不变硬，是大化特有的优质品种。

临出门时，王老板对大黄说：“兄弟，我可不可以单独跟韦老板讲两句话。”

大黄说：“当然可以，她是公家人。”

王老板拿出一包用报纸包裹的东西递给韦爱合："一点小心意，请收下。"

韦爱合说："小心意这么大？"

王老板说："这是你该拿的。"

韦爱合的脸色一下子凝重起来："这可是买炸药、买雷管、买导火索的钱啊！"

王老板咦了一声："你说到哪里去了，这是卖猪的辛苦费。"

韦爱合的脸越发忧郁："如果来村里承包修公路的老板也层层给领导辛苦费，那还有多少钱用到路基路面上呢！修出来的公路还有人敢走吗？"她把包裹递到王老板的手上："兄弟，谢谢你的心意！我一点都不辛苦。"

社员代养的种母猪养大产崽后，合作社位于六说村王开屯的养殖基地也建设起来了。160 平方米的综合业务用房、700 平方米的标准化高架猪舍、300 平方米的示范基地种母猪猪舍、200 平方米的肉猪养殖小区以及平坦的水泥硬化产业路，掩映在土坡之上的绿树丛中。

然而，只有先前用股金买来的 20 头种母猪和 2 头种公猪，是远远不够的，合作社计划采购第二批猪苗。可是按照先购买后报账的原则，合作社眼下一分钱也没有了。韦爱合找到村里的贫困户，打算把政府在 2018 年和 2019 年先后免费发放给他们饲养的瑶山草花猪和黑香猪收购过来，等世行项目扶持资金到账，再把购猪款给贫困户。韦爱合找到贫困户说明情况，大家欣然答应。韦爱合像把合作社的猪给社员代养那样，向贫困户承诺：在还没支付购猪款给大家之前，这些母猪所产下的猪崽，一律算是贫困户的，到时再以市场价格收购到合作社来。

有了贫困户这些猪，还是不够，还需要购买一批猪苗进场。当时，非洲猪瘟疫情暴发后，猪价上涨，要采购这样一批猪苗，需要 31 万元。去哪里要这 31 万元，韦爱合和合作社的其他四个发起人茫然了。驻村第一书记杨坚同志建议，让合作社 5 个发起人每人垫支 6 万元，先解决眼下的困难再说。

每人拿出 6 万元，对于韦爱合等 5 个发起人来说，不是一笔小数目，筹集起来肯定很难。韦爱合的两个儿子在校读书，大黄做木材小生意需要资金周转，家里并没有什么闲钱。韦明玉、韦安乐、韦吉学和韦利姣等人也表示，让他们每人拿出 6 万的确很难。最后大家商定，即便再难，每人也要拿出至少 1 万元出来，剩下部分另外想办法。

韦爱合回到家里和大黄商量，大黄同意拿出 1 万元。其他四个村干部也各筹得 1 万元，5 个人的加起来也就 5 万元，离 31 万元的目标还很远。后来，杨坚同志借得 5 万元。镇领导得知仙旺农民专业合作社的困难后，纷纷 1 万、2 万地借给合作社，一下子又筹得 12 万元，依然缺 14 万元。

这时，有人提议，去跟村里城下一屯的肉猪养殖大户苏家儒借这 14 万元。据了解，苏家儒周转资金比较宽裕。可是谁上门去借呢？合作社的理事们一下子就沉默了。

人世间最难开口的是借钱，何况借这么一大笔钱。大家都拿不准苏家儒是否愿意借这么多钱给合作社，都担心去到苏家儒那里吃闭门羹。有人小声对韦爱合说："你跟苏家儒比较熟……”

韦爱合说：“问一问又不会掉一块脸皮肉来，你们都不敢去，我去！”

韦爱合独自来到苏家儒的家，向他表明了来意。

韦爱合说：“你放心！我说话算数，我以个人的名义写借条给你，只要世行项目扶持资金一到账，我立马就把钱还给你。”

苏家儒说：“我还不晓得你是什么样的人吗，你讲，哪天要？我马上到镇上信用社给你转账。”

韦爱合连声道谢。

苏家儒却淡然道：“乡里乡亲的，哪有那么多客套话！”

2019 年 10 月，合作社开始购进大批的猪苗，韦爱合和合作社的其他 4 个发起人加班加点，把猪苗一只只运送到养殖场的标准化高架猪舍里。

在忙着筹备组建合作社的那段时间里，韦爱合每天起早贪黑，在养殖场里奔忙，把自家的 15 头母猪给忘了。大黄说：“你还是把家搬到养殖场去算了，顺便把家里的猪也搬去。”韦爱合知道大黄说的是玩笑话，一笑了之。合作社的养殖基地正常运转后，虽然有饲养员在负责喂养，但每一天韦爱合都要到养殖基地去，指导饲养员喂养管护。

养殖基地的猪日益肥壮，快到出栏的时候了。杨坚同志提议，到大化县城去举行一次产品推介会，把合作社养殖的猪推介出去，让更多的人知道岩滩的黑香猪和瑶山草花猪，知道仙旺农民专业合作社。

2020年9月的一天，大化岩滩仙旺农民专业合作社黑山猪、瑶山草花猪产品推介会在县城一家酒店举行。当天，韦爱合和六说村村“两委”干部以及社员代表参加了推介会。韦爱合原以为她参加推介会只是个陪衬，哪料到杨坚同志把她推上台前。韦爱合一下子蒙了，她来不及多想，健步如飞迈向讲台。面对台下100多名慕名而来的老板、食客，韦爱合打开了话匣子：“我们的黑香猪和瑶山草花猪都是土法养殖，吃的是红薯藤、玉米粉、天然草，喝的是山泉水，肉味香浓，口感鲜嫩，一定会成为您餐桌上的美味佳肴……”

产品推介会没开多久，合作社就销售了32头瑶山草花猪、65头黑香猪和288头猪崽，总收入达60多万元。随后合作社开始分红，按每股100元的红利发放给社员。股份少的，领几百块；股份多的，领两三千块。村集体按入股份额，集体经济也有了收入。看着社员们喜滋滋的样子，韦爱合的心里蜜一样甜。

2021年年初，韦爱合当选六说村党支书和村委会主任。“一肩挑”以后，对村里的事她更是铆足了劲，像酿酒那样用心，像养猪那样专注。她更像是一只勤劳的蜜蜂，每天在六说村的花丛来回奔忙，为村民酿制甜蜜芬芳的日子。

15. 全国劳模是个养鱼的

北景镇江栋村就是黄佩珍在戈从村担任第一书记时，群众要求修路通到的那个村，是戈从村便捷的出山通道。覃江妹嫁到江栋村的时候，那里的田地已被红水河漫上来的水淹没了。新婚之初，晚饭后和爱人压马路（方言，散步），面对风景如画的水湾，覃江妹笑说这种地方很浪漫，适合谈恋爱，过日子不行，过日子得另想办法。那时候她压根儿就没想到，有一天她会在这片宽阔的水面上扬起生活的风帆，闯出一片广阔的天地。

大化瑶族自治县在成立之前，由都安瑶族自治县管辖。那时，江栋村被誉为“都安的绿洲”，土地肥沃，物产丰富，是都安有名的大甲粳优质稻产地。

1991 年，红水河 10 个梯级电站的第五级——岩滩水电站开始拦坝蓄水。从云南省马雄山出发，一路容纳百川、穿山越谷、奔腾而下的红水河，进入大化县岩滩镇境内后，陡然放慢了脚步，驻足于气势雄伟的大坝前。一时间，河水漫涨，岩滩一带数万亩耕地悉数隐没于碧绿的河水之下，三万多名壮族同胞为支持国家建设，含泪别离祖祖辈辈耕耘劳作的土地，搬迁到异地他乡。一些不愿远离故土的村民，就集体后靠到山坡上重新安家落户，开荒种地。

那年，19岁的覃江妹还在娘家都阳镇武城村待字闺中，谈婚论嫁的话题开始萦绕在她的周围。不时有好心的七大姑八大姨之类的来到她家中，给她介绍对象。武城村要田有田，要地有地，要山林有山林。七大姑八大姨给她介绍对象时，介绍的都是都阳街上的，或是住在比武城村条件还要好的地方的，但覃江妹始终不为所动。覃江妹心想，都什么年代了，嫁人还要靠人介绍！万一嫁个对自己不好的，即便嫁到城市里，过的也是苦日子。

覃江妹想，自己的幸福，自己去寻求。

覃江妹恋爱了，她确定自己找到了自己的幸福。她把这个消息告诉父母时，父母惊呆了。让父母惊呆的不是她恋爱了，一个大姑娘恋爱了很正常，不正常的是她恋爱的对象是江栋人。

父母不淡定了，质问她：你不知道江栋村的大片良田都被河水淹没了吗？你以为江栋村还是那个能种大甲粳的村庄吗？嫁到那里去，你靠什么生活？吃风吗？水面风很大。喝水吗？水面的水够多。

随后是父母苦口婆心的劝说。

对于父母的良苦用心，覃江妹置若罔闻。她觉得父母的担心太多余了，照他们的这种逻辑，难道库区的人们都活不下去啦？

父母见覃江妹把自己的话儿当耳边风，就动员家里的兄弟姐妹、七大姑八大姨去劝说她。然而没有用，覃江妹认定了的事，很难再更改。她坚信即使没了土地，只要嫁对了人，依靠勤劳的双手，就一定能过上幸福的生活。

1992年，20岁的覃江妹毅然嫁到了江栋村。她丈夫振江的名字中也有一个“江”字，嫁来的地方又有一个“江”字，这说明她嫁对了地方，她这个名字带有“江”字的人，嫁到这种有水的地方算是嫁对了。

尽管有了思想准备，可当一踏上江栋村的土地，面对山脚下浩渺的库区水面，她还是感到了深深的茫然。以后靠什么过日子？靠开荒的那几分薄田？靠微薄的库区移民口粮补助？还是像父母调侃的那样，吃那拂过的山风，喝那库区的水？

茫然过后是坚定，四肢健全的人还担心被饿死不成？当时，外出务工成为农村青年的一种潮流。覃江妹跟着振江，到北海的一个农场去打工。自己的家园没有田地，就到别人的家园去耕作，这成了覃江妹和振江生活的常态，并持续了整整5年时间。5年的异乡生活，让覃江妹感到了漂泊的疲惫，感到了厌倦。她想回家，就像父母曾经调侃的那样，回到江栋村宽阔的水面，吃水。

覃江妹有这样的想法，是因为她看到了县扶贫办组织人员在江栋村库区水面发展网箱养鱼，听说收益很不错。

覃江妹心动了，她把自己的想法跟振江说了以后，振江并不能给她一个肯定的支持，他心里充满着疑虑与担忧。振江的想法是，县扶贫办组织人员发展网箱养鱼，那是政府投资搞起来的。即使没有盈利，也亏得起。他们就不一样了，没什么本钱，拿什么去投资？即使有钱去投资发展，万一亏了呢，那还不得去打工赔钱。

振江的疑虑和担忧并没有打消覃江妹的念头，她觉得一年又一年去农场打工，不是长久之计，她要试一试发展网箱养鱼，万一成功了，岂不是长久之计。

覃江妹回来后，发现江栋村已有人在搞网箱养鱼了，唐奇录就是其中一个。唐奇录跟扶贫办一起发展网箱养鱼。覃江妹找到唐奇录，跟他说自己也想发展网箱养鱼，想让他指导一下。

唐奇录听覃江妹说有发展网箱养鱼的想法，很高兴。他说县里为了改善库区移民的生产生活条件，维护库区社会和谐稳定，这些年来一直在引导库区移民依托库区丰富的水资源优势发展渔业养殖，找到他算是找对人了。

覃江妹问："是不是要投很多的钱？"

唐奇录说："这要看你投资的规模，像扶贫办搞的那种大面积鱼塘，肯定是一笔不小的投资，你可以从小起步。"唐奇录告诉她，养鱼也没那么难，江栋库区水面宽，选择一处好的水域，投资搞几个网箱，再进鱼苗来就行了。如果鱼不生病的话，可以说是稳赚不赔的生意。

唐奇录的话，让覃江妹的心里有了底，但她还是发出了一声叹息："我没钱投资啊！"

唐奇录说："你要是真想搞的话，我借钱给你。"

覃江妹有点不敢相信自己的耳朵。她本来是想开口向唐奇录借一点钱的，却羞于启齿，想不到唐奇录竟然看透了她的心思。

覃江妹拿着从唐奇录那里借来的3000元钱，交到了振江手上："我们出去打工时应该还攒有一点。"

振江看着她："真搞啊？"

覃江妹坚定而自信地说："搞！"

两人的决定遭到了家里老人的极力反对。

"捞鱼打虾，饿死全家！"家公气呼呼地说道，"我们祖祖辈辈靠着在土里刨食才有得吃，养鱼能有什么好前景？还是老老实实地去农场打工，才是正道。"

家婆也在一旁喋喋不休地说着自己的反对意见。

意见可以保留，但不能动摇覃江妹发展网箱养鱼的决心。她认定了要去做一件事，十头牛也拉不回来。

覃江妹选择一处水位较深的水面，开始在唐奇录的指导下搭建起自己的养殖基地。没有足够的钱去做好的网箱，覃江妹就砍来竹子做简易的。刚开始起步，她不敢把步子迈得太大，只做了两个网箱。她想，自己一没经验，二没技术，得慢慢来，不能着急。

网箱搭好了，鱼苗投放了，看着那两个简陋的网箱，看着网箱里游弋的鱼儿，覃江妹思绪万千。如果河水没有漫上来，也许，她此刻正在水面之下的某一片田地劳作。她虽然没见过水面之下的良田沃土，但从平日家公家婆无限眷恋的回忆中，她能想象得到那一片片种着大甲粳的稻田。而今在这碧水之上，这两个网箱，就是她新开垦出来的两块土地。她希望，这两块土地，给她带来收获，带来希望。她默默地祈祷，也默默地相信，河水以一种方式带走的一切，也会以另一种方式回馈人类。

覃江妹每天摇着一叶扁舟，往返于岸上的家与水面上的网箱之间，像一个勤劳的农夫日出而作，日落而息，像管护庄稼一样精心管护鱼儿。不同的是，管护鱼儿对她来说可是头一遭，且不说要经常观察记录鱼儿的生长情况、检查网箱是否牢靠等，单说给鱼儿投料这一块，就不比在地里给庄稼施肥轻松。虽说她也是在红水河边长大的，也会游泳，但每次扛一袋鱼料走在网箱上，确实令人心惊胆战，唯恐一个不小心就连人带料掉到水里去。若是掉到网箱里，那鱼料就顺便喂给鱼儿了；若是掉到网箱外，那可就浪费了一袋好鱼料。有时候，遇到洪水来临，覃江妹就不上岸，一直在网箱上守着，生怕会出什么意外。

覃江妹的希望和网箱里的鱼儿一天天地长大。当一条条活蹦乱跳的大鱼被她捞起称给前来收购的鱼贩子时，她认定，自己走对了路。“靠山吃山，靠水吃水”是一条应验的古训。这一片宽阔的水面，以后就是她的“田地”了，她要在这片“田地”里辛勤劳作，捕捉更大的收获。

开始尝到甜头的覃江妹把网箱增加到四箱。这一回，她不再用竹子来做网箱，全部改用杉木。一直不支持她发展网箱养殖的家公家婆，改变了原先的态度。看着覃江妹忙里忙外的身影，家公对她说：“以后，我去帮你守鱼。”

有了全家人的支持，覃江妹发展网箱养殖的信心更足了。

随着养殖规模的不断扩大，她的网箱也由杉木换成了铁管。为了更好地管护好网箱里的鱼，她在村干部的带领下，多次到南宁、广州等地的水库淹没区，向养殖专业户学习库汊养鱼技术。她还把家搬到了网箱上，吃饭休息大多是在网箱上面。平时除了观察、记录、投料，还要测量水面在不同季节的水位、水温、流速，详细记录相关数据，并向乡里的农业技术员请教不同的季节如何投料、如何管理鱼种等。

后来，覃江妹成了远近闻名的网箱养殖能手，成了村里的脱贫致富带头人。

发家致富后的覃江妹，在离自己网箱不远处的岸边买了一块宅基地，建起一栋3层的漂亮楼房。有一段时间，帮助并指导覃江妹发展网箱养殖的唐奇录逢人就喜欢说，这栋房子就3000块钱。唐奇录的意思是，当年覃江妹就是靠着3000块钱起家的。

2000年，为扩大养殖规模，覃江妹决定以股份制的形式，引导村民跟她一起发展网箱养鱼，一起发家致富。当她把想法告诉大家时，很多村民都向她投来怀疑的目光，开始时只有12个农户投资入股。当时需要投资12万元，覃江妹只筹到5万元，还差7万元。情急之下，覃江妹到乡信用社申请了7万元小额信贷资金，解决了资金缺口问题。

在覃江妹的带领下，12户入股的村民开始参与网箱养殖，投放了第一批鱼苗。由于有覃江妹的养殖经验，养殖获得了成功，当年的销售收入达30万元，12户入股的村民都分到了红利。

村民们入股养鱼，只是初始阶段的养鱼模式。尝到了养鱼甜头的村民们也逐步掌握了网箱养殖技术，养鱼的积极性大大提高，于是采取各家各户单干的形式发展网箱养鱼。

一时间，在江栋村的库区水面上，一个个网箱就像一块块田地，铺得到处都是，村民发展网箱养殖蔚然成风。全村发展网箱养鱼达到 1300 多箱，库汊开发达到 2800 亩，许多村民靠养鱼走上了致富路，网箱养鱼和拦河养鱼成为村民们增收的主要途径。

覃江妹组织成立了江栋村网箱养鱼协会，为养殖户提供技术指导和服务，开展技术交流，组织供应大家所需的生产资料以及为大家提供购销服务。

有一年，村民们养殖的鲤鱼大量滞销，如果不及时打开销路，多养一天，就会多一份支出，利润就会相应地降低。村民们找到覃江妹，让她想想办法。为了解决销路问题，覃江妹想到了上网去发布求助信息。

那时候，覃江妹家里没有电脑，只有村小学有一台。覃江妹来到学校，请老师帮她在网上发布大量鲤鱼滞销的消息。消息发布出去没多久，南宁有个经销商就联系上了她，并带了一名贵州老板来到江栋村，把她和村里其他养殖户的鱼都销完了。

贵州老板让人把鱼运走后，并没有急着离开，他对江栋村库区的水质进行了检测。检测后，贵州老板疑惑地问覃江妹："这里的水质非常适合草鱼生长，你们为什么不养呢？"

覃江妹说："我们也养过，草鱼总是经常大批量死亡，不容易养活，后来干脆就不养了。"

贵州老板摇头叹息，连连说："可惜了！可惜了！"

覃江妹问："总养不好，有什么可惜的？难道你有草鱼养殖秘诀？"

贵州老板说："没什么秘诀，无非就是投放之前给鱼苗打一次预防针，鱼苗长到两三斤时再打一次就行了。”

“原来如此！”覃江妹原以为只有猪鸡牛要打针，没想到鱼儿也要打针。

没过几天，草鱼苗运到。贵州老板和他的工作人员一尾尾地给鱼苗打了针，才投放进网箱里。覃江妹站在一旁认真地观察，贵州老板手把手地把鱼苗防疫技术传授给了覃江妹。

覃江妹投放的这批草鱼苗，果然没有出现大批量死亡的现象，顺利地养到了可以出售的时候。养殖草鱼成功后，覃江妹不仅动员村民们跟着养殖草鱼，还把给鱼苗打预防针的技术也传授给了大家。

都说教会徒弟，饿死师傅，覃江妹却不这么想。在养殖过程中，她乐于把自己的养殖经验毫无保留地告诉村民。闺蜜说她傻，她淡然一笑：“我除了是个养鱼的，还有另外一个身份。”

“什么身份？”

“共产党员。”

看到一些因各种原因导致贫困的家庭，覃江妹主动扮演起扶贫工作人员的角色，引导他们发展网箱养鱼，帮助他们解决养殖技术问题，带动他们共同致富。韦爱勤家就是其中的一户。

韦爱勤的丈夫身有残疾，干不了重活，家里的一切全靠韦爱勤一个人支撑，生活一直很困难。覃江妹看在眼里，忧在心上，想帮她一把，就建议她也在水面上发展网箱养鱼。

韦爱勤感到为难：“你也晓得，我家那么困难，拿什么来搞？再说我家男人又不能帮我，我一个女人家能办成什么事？”

覃江妹说："我也是女人，我家的网箱还不是我一个人在管。"

覃江妹见韦爱勤还在犹豫，又说道："你放心好了，凡事我帮着你；你没有钱起步，我借钱给你；在养殖中遇到什么问题，我可以帮你解决。"

韦爱勤说："我还是担心，并不是所有的人都能养鱼。"

"是鱼都会游泳。"覃江妹责怪她道，"你还叫勤呢，都不勤一点。"

韦爱勤见覃江妹其情殷殷，决定试一试。

覃江妹帮韦爱勤在自己的养殖场附近搭起网箱，养起了大头鱼、白鲢鱼、罗非鱼、草鱼等。平日里，覃江妹忙完自己的活儿，就到韦爱勤的网箱上，现场传授自己多年积累的养殖经验。在水面网箱上，两个人结下了深厚的友谊。

有一次，韦爱勤火急火燎地来到覃江妹家里，覃江妹正在给家婆洗衣服。覃江妹的家公在她发展网箱养鱼后没几年就过世了，本来就体弱多病的家婆身体每况愈下，不仅不能帮助料理家务，还需要人照顾。每天覃江妹在网箱养殖场和家之间来来回回好几趟，一边忙着网箱上的事，一边照顾家婆。

看到韦爱勤上气不接下气的样子，覃江妹开玩笑道："哪个把你追成这样，都要断气了。"

韦爱勤说："快……快去……帮我看看鱼。"

覃江妹问道："鱼怎么啦？"

"翻白眼了，肚皮朝天了。"韦爱勤急得快要哭出来了。

覃江妹这时意识到事情的严重性，急忙出门骑上摩托车跟着韦爱勤向网箱养殖场奔去。

覃江妹踏上韦爱勤的网箱，看到网箱里全是密密麻麻、挨挨挤挤的鲤鱼、大头鱼、罗非鱼等，大部分鱼出现不同程度的翻白眼、泛鱼肚白现象。

覃江妹什么话也没说，拿起一个长竿网兜，往网箱里兜住两只肚皮朝天的大头鱼，连着网兜放到网箱之外的水中，那两只鱼儿像挣脱笼子飞向天空的鸟儿，顿时欢畅起来，在网兜里翻起了小小的浪花。

覃江妹什么都明白了："你的鱼不是得病了，是缺氧了。"

"缺氧了？"

"是的，你每个网箱里有那么多大鱼，就那么点空间，不缺氧才怪。"

那时市场行情不是很好，覃江妹像以前一样，鱼养到该出售的时候就联系买家过来收购。她动员过韦爱勤和其他养殖户，鱼养大了该卖就卖掉。谁晓得行情什么时候才好起来，老是养下去也不是办法，少赚一点就是了。可是许多人不以为然，都相信行情不久会好起来，都舍不得低价把鱼卖出去。而今他们的鱼越养越大，网箱有限的空间就显得不够用了，鱼儿也就缺氧了。

"那怎么办？"韦爱勤一筹莫展。

覃江妹沉思了一下说："如果有个大型的增氧器就解决问题了，可我们村没有那种大型的增氧器。"

韦爱勤白了她一眼："等于白说了。"

覃江妹气定神闲，微微一笑道："我有个办法，应该管用。"

覃江妹向韦爱勤建议，用机动船拉动网箱在原地打转，一个一个地拉动，这样网箱里的鱼应该会缓过气来。

韦爱勤不敢怠慢，急忙照做，果然，网箱里很多缺氧的鱼就都缓过气来了。

韦爱勤高兴地叫起来："这个办法还真管用呢。"

覃江妹说："你就这样做吧，我去看看别家的网箱是不是也出现这种情况。"她开着自己的小机动船，离开韦爱勤家的网箱，向别家的网箱驶去。她发现很多养殖户的网箱因为存量过多，都出现了类似韦爱勤家的情况。她一一地建议他们按照韦爱勤的办法去做，动员他们尽快把存量鱼卖掉。大家听从覃江妹的建议，把损失减少到最低。自那以后，村里的养殖户就学乖了，家家户户的网箱上都备有大型的增氧器。

建档立卡贫困户覃秀明经常划一条小船游弋在库区水面上，撒网捕鱼拿到街上去卖，平时卖剩下的小鱼小虾，自家人也吃不了那么多，就拿去给覃江妹喂养鲶鱼、塘角鱼。

覃江妹说："应该我给你鱼才对呢。"

覃秀明说："你不要，我也是丢到水里去的，只是觉得丢了可惜就拿来给你。你要是不好意思要，等你把鲶鱼、塘角鱼养大了，送我一两条好了。"

覃秀明刚开始把卖剩下的小鱼小虾送给覃江妹时，覃江妹并没有想太多，可时间一长，她就感觉到，其实覃秀明也是可以发展网箱养殖的。

覃秀明再次拿小鱼小虾来给覃江妹的时候，覃江妹对他说了自己的建议。

覃秀明听了，摇摇头说："我不想搞网箱养鱼，我没有本钱，也没那个能力，我还是干这个老本行算了。想捕鱼就下水，不想下水就在岸上休闲，一年下来能维持家庭开支就可以了。"

覃江妹说："我又不叫你养很多，养两三箱鲶鱼、塘角鱼就好了，这样你的小鱼小虾就不用送我了。"

覃秀明说："你平时帮助我们很多，送你一点小鱼小虾，是我的心意，也是大伙的心意。"

"你搞两三个网箱，既不影响你捕捞，又可以消化你的小鱼小虾。"

……

"你要是没有本钱，我借给你。"

覃秀明听了覃江妹的一番话，就跟他哥哥借了钱。覃江妹帮他定制网箱、订购鱼苗，教他养鱼、预防技术。

覃江妹就这样帮助覃秀明以及像覃秀明这样她认为应该帮的人。

江栋村党支部副书记杨德胜，2008年开始发展网箱养殖时，没有技术、没有经验，是覃江妹帮助了他，使他成为拥有30余个网箱的养殖大户。

江栋村青年韦秀才，原来一直在广东务工。2020年，受新冠肺炎疫情的影响，他在广东没有了工作，一时间也难以找到事做，就决定回乡创业。他找到覃江妹，说出自己发展网箱养殖的想法。覃江妹不仅帮他订购制作网箱的材料，帮他焊接板房，还教会他焊接技术以及养殖技术。

在江栋村，像韦爱勤、覃秀明、杨德胜、韦秀才这样得益于覃江妹帮助的养殖户，超过100户以上。

2008年3月，覃江妹被自治区妇女“双学双比”活动领导小组评为“双学双比”活动女能手；2010年4月，她被自治区人民政府评为“自治区劳动模范”。也是在2010年，她的网箱养殖发展到了55箱。

这些荣誉和成绩的背后，是覃江妹艰苦的付出。

在追求幸福生活的路上，没有人能一帆风顺，覃江妹也不例外。

覃江妹遭遇过3次大失败，一次比一次损失惨重。2003年冬天，因为天气太寒冷，她养殖的罗非鱼死掉一大片，损失20万元。2008年冬天，同样是因为天气寒冷，养殖的罗非鱼又面临大批量死亡的厄运，损失30万元。2013年，她的网箱养殖又遭遇滑铁卢，养殖的5万尾叉尾鱼、5万尾罗非鱼在一周之内相继死亡，损失60万元。

每一次挫折，都深深地刺痛覃江妹的心。她以为多年的养殖经验，已经足够让她规避各种自然因素带来的风险。可是，她完全错了，她不知道还有多少东西她还不会、还没掌握。痛定思痛，她深刻地领悟到，必须有过硬的技术支撑。没有技术支撑的养殖是盲目的养殖，就会惨遭失败的命运。

面对一次比一次惨重的损失，覃江妹并没有退缩，也没有被击垮，而是不断地总结经验教训，在哪里跌倒，就在哪里爬起来。

每一次失败之后，那些她曾经帮助过的养殖户，能帮的都伸出援手，帮不上忙的也会给她精神上的鼓励。她没有钱购买鱼苗，鱼苗供应商先给她投放鱼苗；她没有钱购买鱼料，鱼料供应商先把货给她运来，等她有收益了再收货款。每一次失败之后，如果没有大家的帮忙，覃江妹就很难从头再来。每一次从头再来，覃江妹心中都有一个信念：只要我没死，鱼就不再死。

为节省开支，覃江妹几乎不雇请人工来协助管理，而是一个人承担了所有的养殖活儿。每次拉鱼料的货车来到水边，都是她一个人自己卸下车，再扛上停在岸边的机动船，运到网箱上。每次投料，她扛着50公斤装的鱼料袋在网箱上健步如飞。白天，她像一只梭子在水面网箱和岸上的家之间来回穿梭；夜里，她还要守在网箱边的小房子里，给鱼儿喂料。马无夜草不壮，鱼无夜料不肥。

家婆年纪越来越大，身上的毛病也越来越多，行动不便，自理能力弱，每天都需要覃江妹照顾，给她煮饭喂饭，给她洗脸洗脚、穿衣、洗衣服……覃江妹像照顾母亲一样照顾着家婆。

网箱里的鱼、家里的家务事，足够覃江妹忙的了，哪承想，在2018年，振江病倒了。后来振江的病虽然有所好转，却已不是当初那个强壮的劳动力了。

看着忙里忙外的覃江妹，振江心里充满了愧疚。她一个女将，常年风里来雨里去，很多本来属于男人的活儿，却全部让她一人扛在肩上。特别是他自己生病后，不但帮不上忙，还需要她来照顾。家里的两个小孩，也都是她在操心。

江栋村的人都说，覃江妹在家里家外都是一把好手，是村里的女强人，也是村里的好媳妇。

面对困难，覃江妹总是独自一个人默默地忍受，有时候压力太大，睡都睡不着。心里的苦，只能藏在心里，又不能跟振江讲，他有高血压，怕他受不了。跟家婆讲嘛，那就变成诉苦了。跟孩子们讲嘛，他们这个年龄段又能理解什么呢？因此，再多的苦也要自己扛，只要扛不死就往死里扛。

2017 年 12 月，覃江妹向党组织提交入党申请书。一年后，她成了一名中共党员。创业 20 年来，她想的不仅仅是自己，而是村里更多的人。这些年来，在她的带动下，江栋村群众利用库区丰富的水面资源，大力发展渔业养殖，做大做强网箱养鱼产业。碧绿的河湾之上，有 95 户村民从事网箱养鱼，江栋湾养殖区有网箱 1600 个，年产值 2000 多万元。而覃江妹自己拥有 26 个网箱共 1500 多平方米，一年出售各种鱼类 5 万公斤，产值 40 多万元。

2020 年 11 月 24 日，全国劳动模范和先进工作者表彰大会在北京人民大会堂隆重举行，覃江妹被授予“全国劳动模范”荣誉称号。

覃江妹，这个在水面上养鱼的农家妇女，怎么也想不到自己竟然有机会去到北京，走进雄伟庄严的人民大会堂，领受那份对于劳动者来说可谓至高无上的荣誉。从北京回来一进家，衣服来不及换下，她就到网箱上给鱼儿投料去了。她说：得这个荣誉回来，该做什么还要继续做什么，生活还像从前一样，我还是个养鱼的。

第四章

16. 爱心妈妈

17. 灵芝姑娘

18. 拎着一袋生锈的钥匙出发

19. 沿着云的足迹

16. 爱心妈妈

在大化县六也乡茶油村个六屯唐翠玉家的一面墙上，挂着一幅彩色照片。照片是她的大女儿阿静从电视机画面上抓拍的。照片上，身穿瑶族传统服饰的唐翠玉坐着轮椅在第一排，接受总书记的接见。唐翠玉说那天见到总书记的时候，她一直流着眼泪，激动得说不出话来。

2013 年 8 月的一天，在茶油村个六屯通往山坳深处丹旧屯崎岖陡峭的山路上，腰间扎着护腰带的唐翠玉，正拄着拐杖艰难地向上登攀。

天刚下过一场小雨，山路湿滑，她每向上迈出一步，都要小心翼翼地把脚步踩实了，然后再抬起另一只脚向上迈去。雨后山村的空气清新凉爽，她却气喘吁吁，白衬衫的后背已被汗水濡湿，额前的刘海也被细密的汗珠黏住了。

她的身后，是她的两个女儿阿静和阿环以及几个村民。大女儿一步一步地跟在她身后，看着艰难向上登攀的她，没好气地嘟囔道："都讲你不用来了，你偏要来，你以为山路好爬是吗？”

唐翠玉说：“我不来行吗？我不来，两位老人是不会跟你们下山的。”

唐翠玉说的两位老人，是丹旧屯年过七旬的韦庆禄和韦芳莲老夫妇。

说到唐翠玉和韦庆禄老夫妇的缘分，还得从2001年深秋她的“大难不死”说起。那天茶油村村委会主任韦建宁去外婆家，路过唐翠玉的代销店想买点东西，没见开门。下午韦主任从外婆家回来，发现唐翠玉的代销店还是没开门。在韦主任的印象里，唐翠玉的代销店好像几天没开门了。韦主任对在代销店前闲聊的人说，要是她出门的话，门应该锁着，现在锁挂在那里，说明她在屋里。

听韦主任这么一说，人们突然察觉到了什么。一个名叫蒙志海的少年，二话不说就从代销店隔壁的房顶，翻越到唐翠玉的代销店里，进去后发现唐翠玉躺在地上。蒙少年急忙把门打开，众人进到代销店里，韦主任对着蜷缩身子躺在地上的唐翠玉喊道：“翠玉！翠玉！你怎么啦？”

唐翠玉没有反应，韦主任一只手指探到唐翠玉的鼻翼下：“还有气，快叫村医、快叫蓝老师来！”

蓝老师是唐翠玉的丈夫蓝如川。

村医听了唐翠玉的心率：“我治不了，赶快把她送县医院。”

蓝如川六神无主。人们叫来一辆农用拖拉机，垫上厚厚的一层稻草，再铺上一床棉被，就把唐翠玉抬了上去。

目送着远去的拖拉机，有人叹道：“翠玉怕是回不来了。”

没想到唐翠玉竟然活过来了，她又回到了茶油村。因为摔倒时伤到头部，导致她失声数月，头发几乎脱落殆尽。

养病的日子里，一到夜晚唐翠玉仿佛就听到一阵阵老人的哭泣声。蓝老师以为是她大难后落下的后遗症。唐翠玉叫他拿来纸和笔（彼时她还在失声中，说不出话），在纸上写道："哭声来自学校对面山坳的丹旧屯，有人在整日啼哭。不是一个人，是两个老人在哭。"蓝老师就上山去探个究竟。山上其他人家都搬到山下了，唯独剩下一间破旧的老屋。老屋里住着韦庆禄、韦芳莲老夫妇，13 年前他们的儿子和女婿在矿山挖煤遇难，儿媳抛弃幼儿改嫁他乡。每到夜里，两位老人就想起死去的儿子，看着孤苦伶仃的孙子，悲从中来，情难自禁。

听罢丈夫的讲述，唐翠玉眼前仿佛出现了两位满面愁容的老人和他们沉默寡言的孙子，她内心深处被狠狠地刺了一下，生疼生疼的。她也跟着流泪了。从此，她经常独自上山去，有时候也叫蓝老师跟着她，带些粮油，带些衣物，走进这个苦难的家庭。

时间悄然进入 2008 年，唐翠玉的身体逐渐康复如初，韦庆禄老人的身体却大不如前了，越来越衰弱。孙子已长大成人，外出打工，老人便将饲养多年的一头老牛卖掉，可几千块牛款却被贼人偷走。意外的打击让两位老人更加苍老凄苦。唐翠玉就有心要把他们接到她家里来一起生活。

当时，唐翠玉在茶油村小学旁边买了一块地，建起了楼房，居住条件和生活环境也变得好了起来。唐翠玉说出自己的想法，蓝老师很支持，遂同她一道上山去动员两位老人下山。

韦庆禄老人对唐翠玉说："勒啊（方言，孩子啊）！这么多年来，你对我们两老够好了。我们一天天变老了，说不定哪天就死掉了。我们非亲非故的，死在你家里，这对你不好，别人也会讲闲话的。"

两位老人死活不同意，唐翠玉一有空，便上山去做他们的思想工作。

唐翠玉对他们说："你们不为自己着想，也要为孙子着想。你们住到我家来，我帮他照顾你们，他没了后顾之忧，就能安心做工了。"

两位老人还是不为所动，直到唐翠玉跟他们说自己另外起了一栋两层的楼房，要把需要照顾的老人都搬到她家去，他们才同意跟她下山。

为平安顺利地把两位老人接到家里，早在两周前，唐翠玉就叫上暑假在家的阿静、阿环和她一起上山清除山路两边的荆棘杂草。

阿静和阿环对母亲的善举非常支持，但她们认为母亲身体有伤，没必要硬撑着上山去受煎熬。她却认为两个女儿长这么大了，都没拿过柴刀，不放心让她们自己去做。她的腰椎骨还夹着固定板，弯不下腰来，只好跪着割草。

这天，当唐翠玉带着女儿和乡亲们出现在老屋门前，韦庆禄老人哽咽着说："勒啊！你真的要接我们去你家呀。"

韦芳莲老人喃喃地说："遇到活菩萨了。"

上苍似乎也被感动了，下起了小雨。只是稀稀拉拉地下了一阵，便停住了。

陪同来的几个村民，本来打算轮流背着两位老人下山。两位老人死活不肯，不给背也不让人抬，坚持要自己走下山去。没办法，唐翠玉便把自己的一根拐杖递给韦庆禄老人，韦庆禄老人连忙摆摆手："不用！我能自己走。"

腰弯背驼的韦芳莲老人，由3个村民轮流搀扶着走在前面，韦庆禄老人在两个村民的保护下跟在后面。身上有伤的唐翠玉本来也是需要搀扶的，可她拒绝了，她拄着拐杖慢慢地跟着，一步一步地往山下挪动。

费了半天的工夫，一行人终于来到山脚下。唐翠玉带着两位老人走进她的家，穿过堂屋，来到屋后。屋后是一个用水泥砖围成的小院，小院后面是一栋新建的大约有300平方米的两层楼房。

唐翠玉对两位老人说："阿叔、阿婶，到家了！这就是你们的家，以后由我来照顾你们。"

两位老人不知道，为了让他们安心地住到家里，唐翠玉贷款30多万元建了这栋楼房。当然，她建这栋楼房不仅仅是为了韦庆禄夫妇俩，还要让村里那些像韦庆禄夫妇这样孤寡病残的老人，都能有一个温暖的家，都能安度晚年。

这天，韦庆禄老人的孙子特地从深圳赶回来看望爷爷奶奶。他握着唐翠玉的手，眼里闪着泪花。

不久，唐翠玉又收留了村里的蓝定良、覃泽英、黄占芬、黄善生、蓝定金以及蓝定金年迈的母亲。一时间，她的家里多出了8位老人，俨然成了一个爱意满满、其乐融融的敬老院。

世上没有无缘无故的爱。唐翠玉对这些老人的爱，犹如大山里的涓涓溪流，有其不竭的源头。

1967 年 5 月，唐翠玉出生在六也乡和平村。从小时候起，她就在父亲的教育熏陶下，立志做一个善良、有爱心的人。父亲唐毓智是村里的小学教师，后来担任校长，工资很低。母亲体弱多病，6 个小孩都没有工分可挣。年终生产队结算分东西，人家分得余粮猪肉，她家却年年超支，一样也没分得。看着哥哥弟弟们读书花销大，母亲生病无人照顾，懂事的唐翠玉刚上初二就辍学回家，帮母亲下地干活挣工分，上山砍柴火卖钱，供哥哥弟弟们上学。

19 岁那年，唐翠玉嫁给蓝如川。婚后两年，家公突然去世。两人还没从悲痛中缓过劲儿来，家婆又病倒了。家婆患的是腰椎骨髓炎。唐翠玉和蓝如川带着家婆四处求医治疗，病情不见好转，最后还加重了，发展成了骨髓癌。彼时的家婆，下半身已完全失去了知觉，瘫痪在床，生不如死。

瘫痪在床的家婆整天郁郁寡欢，一天唠叨着“我愿死了算了”。面对家婆烦躁的心情，唐翠玉默默地照顾她、安慰她：“妈，别胡思乱想，有我在，就一定能把您的病治好。”

蓝如川每天忙着学校里的事，唐翠玉一个人扛起家庭重担。每天，她忙着地里的农活，忙着打理代销点，忙着给家婆喂饭喂药、端屎倒尿、擦洗身子、推拿按摩。晚上，她就躺在家婆身边睡，只要家婆稍有一点响动，她就给家婆翻身。

唐翠玉一心为家婆寻医问药，期盼有一天家婆的病会好起来。听说都阳镇一位老中医有偏方，已经怀有 7 个月身孕的唐翠玉，就挺着个大肚子去寻诊。从家里步行到公路边，搭班车到都阳街，再徒步到老中医家。唐翠玉回到村里时，天已经黑了，她摸黑回家，半路上重重地摔了一跤，流产了。

家婆的病最终还是没能好起来，在唐翠玉精心服侍了 8 年之后，她安详地闭上了双眼。临终前，家婆干枯的手握住唐翠玉的手，一句话也没说出来，眼角流出两行清泪。

家婆长年卧病在床，自己大难不死，让唐翠玉对人世间的悲苦有了一种切肤的痛感，也多了一份悲悯的情怀。

从 2003 年开始关心照顾韦庆禄夫妇以后，唐翠玉对村里那些孤寡病残老人便倾注着深深的感情。

力下屯的黄善芬和黄善生，患有间接性精神分裂症，鳏寡孤独，懒于换洗，身上异味很重，村里人都不接近他们，也不愿意搭理他们。唐翠玉知道后，经常送些衣服、鞋子以及面条之类的生活物资上门去，给他们剪头发、洗衣服。春种时节，帮助他们购买玉米种子。2012 年，黄善生生病了，唐翠玉就叫屯里的黄占清帮忙，一起将他送到六也乡卫生院去治疗，还帮他支付医疗费。黄善生出院后，唐翠玉帮他办理了五保户手续。

堆下屯孤寡老人覃泽英，嘴巴及腰臀严重扭曲，并患有轻微的精神分裂症，生活不能自理。几年来，唐翠玉坚持照顾她的生活起居。覃泽英病倒后，唐翠玉把她背到村卫生所看病。

堆上屯的蓝定金精神失常，一两年发病一次，与 80 多岁的老母亲韦美仙相依为命。唐翠玉对他们更是关照有加，还送他到大化精神病医院接受治疗。

上江屯的蓝顶规老人有两个儿子，大儿子生活穷迫，小儿子有智力障碍。一次，蓝顶规老人突发肠胃穿孔，唐翠玉及时找车把他送到了医院，并为他垫付了2万元医药费。

2011年4月的一天，一位老人来到小超市买东西，转身刚走两步，突然瘫软在地。唐翠玉急忙走过去，只见老人脸色苍白，额头上冒出一颗颗豆大的汗珠。她关切地问道：“阿公，你怎么了？”老人呼吸微弱，话说不出来，翻起上眼皮无助地看着唐翠玉。唐翠玉知道老人得了急症，便将老人背到卫生所让村医检查。村医检查后告诉唐翠玉，老人心律混乱，非常虚弱，生命体征令人担忧，建议赶紧送到县医院救治。

村医给老人打了一针急救针后，唐翠玉急忙租了一部农用车把老人送到县人民医院。老人说不出话，唐翠玉无法知道老人姓甚名谁，更没法和老人的亲属取得联系。她只能自己先垫支住院押金，办理住院手续，负责给老人喂饭、喂药……像照顾自己的父亲一样，日夜守护在这个非亲非故的老人身旁。

第四天，老人终于醒了过来，但还是没能说出自己的姓名和住址。唐翠玉多方打听，才知道老人名叫韦寿乐，是茶油村杏下屯人。韦寿乐年轻时到外地做上门女婿，几十年来一直在外地生活，而今孤身还乡，老家的亲属都已不在人世，老房子也已经倒塌了。

住院两个多星期后，韦寿乐老人基本康复了。回到村里，韦寿乐无家可归，唐翠玉便买来石棉瓦、彩条布，为他搭起了一个简易的住所，帮他购置必需的生活用品。2012年3月，唐翠玉为韦寿乐申请到“危改”指标，建起了一间砖混结构的平房，无家可归的他终于有了一个稳定的住所。

老人的住房问题解决了，他的户籍还没有着落。老人离家在外几十年，本地户籍早已被注销。帮他上户口，成了唐翠玉的又一块心病。

老人患有甲亢性冠心病等多种病症，一旦病发，就得到医院治疗。没有户口，就没办法办理新型农村合作医疗手续，住院就不能报销医疗费用。2011 年 4 月老人那次住院，治疗花费 3 万多元没能报销，他也没什么积蓄，唐翠玉只能默默地全部承担。2012 年，韦寿乐先后住院 4 次，住院时间最长一次达 36 天，虽然唐翠玉帮他办了新农合，但是报销后唐翠玉还得帮他支付 28000 多元。

韦寿乐老人成了医院的常客，医院里的医生和护士几乎都认识唐翠玉。见唐翠玉为老人忙前忙后，都以为她是老人的女儿，哪知他们素昧平生。

连日的陪护照顾，原本体弱的唐翠玉心力交瘁，她真想好好地躺一下，哪怕半个小时。可是韦寿乐老人一个亲人也没有，自己再不管他，他就无依无靠了。唐翠玉咬咬牙，只要自己还有一丝力气，就要照顾他到底。

2013 年 1 月 17 日，唐翠玉在医院里照顾韦寿乐老人时，体力不支，在医院住院部重重地摔了一跤，造成脊椎骨断裂。原本照顾病人的唐翠玉，也躺到了医院的病床上，一躺就是两个多月。那些时日，她的丈夫，那个一直支持她的蓝老师，在照顾她的同时，也照顾着生病的韦寿乐老人。

那时候，唐翠玉担心自己这辈子再也不能像从前一样劳作了，再也无力照顾这些需要关爱、需要帮助的孤寡病残老人了。忧心忡忡之际，她想到县里一个很活跃的爱心社团——大化绿叶爱心团。

唐翠玉打电话找到了绿叶爱心团的负责人蒙柏江。

唐翠玉说：“如果我动不了了，我照顾的这些人需要爱心援助。”

蒙柏江问候了她一番后表示：“没有问题。”这是一个醉心于爱心公益事业的年轻人。两人商量在后院老人们住的房子挂一块牌子——广西大爱之家大化爱心救助站绿叶爱心家园。

绿叶爱心团出钱聘请了一个工友，为唐翠玉收留的老人煮饭，还赠送了一台洗衣机，用来给老人们洗衣物。

县残联了解情况后，向绿叶爱心家园赠送了多部轮椅，为还没办理残疾证的病残老人补办残疾证，并借助现有的政策给予大力支持。2013年，县里有100个居家托养的指标，县残联分给绿叶爱心家园10个，每个得到1000元的补助；重度残疾二级以上的残疾人，给予每人每年360元的护理补贴，还帮缴纳新农合的个人缴纳部分；精神病人给予每人每年4000元的补助。

唐翠玉收留抚养的这些老人都是孤寡病残，很多老人都符合住到乡敬老院的条件，乡民政站的同志也曾经动员他们到敬老院去住，但是他们都不愿意离开唐翠玉的家。他们觉得唐翠玉就是他们的女儿，看到女儿他们就看到了家。

这些老人每个月都能从政府那里领到一定的生活补助金和

养老金。即使再困难，唐翠玉也从来没有想过动用他们的钱。她说她一分钱都不要老人的，他们的存折他们自己拿。如果有一天，他们动不了了，她自己又应付不过来，需要请人照顾了，那老人存折里的钱就有用处了。

“穷则独善其身，达则兼济天下。”唐翠玉即便身处困境，她那颗博爱的心依然牵挂着弱者。

2013 年隆冬的一个中午，茶油村中司屯的苏福传老人背着一个小孩走进小超市，唐翠玉以为老人是来买东西的。苏福传老人还没开口，眼泪先流了下来。唐翠玉明白老人一定有难言的苦衷。她注意到了老人背上那个两三岁的小孩，心里不由得一惊，似乎明白了什么。

“有什么你尽管说，我能帮的一定会尽量帮。”劝慰老人的同时，唐翠玉也哽咽了。

苏福传老人告诉唐翠玉，他唯一的女儿嫁到外县，生了个儿子，想不到是兔唇。更为不幸的是，女儿还没听到孩子叫一声妈妈就去世了。女儿去世后，女婿把儿子抱来给他，拍拍屁股就走人了。他已是 70 多岁的人了，养自己都是一个问题，而今往后如何与外孙相依为命？

苏福传老人迟疑了一下说：“我也想来你的爱心家园……”

唐翠玉望着老人背上那张粉扑扑的小脸蛋，望着那双乌黑明亮的小眼睛，心疼地伸出手去，抱过了可怜的孩子……

2014 年农历正月，茶油村板东屯年近七旬的欧美娥找到唐翠玉。欧美娥老人和老伴相依为命大半生，后来老伴瘫痪，生活起居就都由她来照顾。唐翠玉也经常上门去看望照顾。老伴临终前对欧美娥说："我死了，你想活下去，就去找'爱心妈妈'。"

有困难，去找"爱心妈妈"。

无处可去了，去找"爱心妈妈"。

唐翠玉又接纳了韦寿乐、苏福传、欧美娥、韦良杰、韦秀梅、蓝文吉等孤寡病残老人，收留了苏福传老人的外孙小文泳等 11 名孤儿和留守儿童。

绿叶爱心家园的成员多了，唐翠玉就在二楼摆上一排衣柜，每个衣柜之间，用木板和帘子隔出一个个独立的小隔间，每个小隔间就是老人们的床位。一楼则是大客厅，每天老人们在这大客厅吃饭、看电视、下棋……每天再忙，唐翠玉也会到家园来看看，给行动不便的老人喂饭、梳头、洗脚、洗衣服，服侍他们睡下……看着唐翠玉每天为大家忙前忙后，老人们就亲切地叫她"妈妈"。唐翠玉一听就被吓着了。她拒绝老人们这样称呼她，老人们却说："你接我们来这儿住，照顾我们比照顾你的父母还好。只有母亲才这样抚养儿女，你就是我们的再生父母。"唐翠玉坚决不同意，说："你们只能叫我老唐同志，因为我是一名党员。如果你们嫌这个称谓太长，就叫老唐，或者叫'妈静'（方言，阿静她妈）"。

绿叶爱心家园的成员蓝定金近乎偏执地坚持叫唐翠玉"二妈"。对于别人，唐翠玉绝对不应答。对于他，唐翠玉却默许了。

蓝定金和母亲一起住在绿叶爱心家园，一起享受唐翠玉的关怀和照顾。他虽然有间歇性精神病，但不糊涂。平时他总是

“二妈、二妈”地叫唤唐翠玉。唐翠玉一迈进绿叶爱心家园，蓝定金就叫道：“二妈，你辛苦了，坐下来休息吧。”如果他当时正在看电视，他会叫道：“二妈，坐下来跟我一起看电视吧。”如果他正在跟那些留守儿童打乒乓球，就会叫道：“二妈，来跟我们一起玩玩吧。”

唐翠玉无暇理会他，除非他发病，否则不用怎么照顾他。他不发病的时候，还能帮唐翠玉的忙。他见唐翠玉忙忙碌碌的，没有时间跟他看电视、打乒乓球，有些郁闷，心想二妈太忙了，平时跟她说话她好像都没听见。蓝定金就突发奇想，把他想对唐翠玉说的心里话写在纸条上，然后贴到墙上，贴了满满的一面墙。

二妈：我非常感谢您对我们的关心，把我们母子二人接来跟您住。我只能从心里默默地跟您说一声母亲呀，是不是老天爷给我们母子二人第二次生命啊。儿子定金。2013 年 8 月 13 日。

二妈：老板和很多爱心妈妈给我们送来棉衣和鞋子袜子，我没穿上衣服，就已经感到很温暖了。谢谢二妈！没有您，老板和爱心妈妈不会知道我们的困难。希望二妈多关心自己的身体吧。儿子定金。2013 年 11 月 30 日。

二妈：您这么关心我们，还得到政府的关注，县里韦副书记这么晚了，他还抽时间来看我们。二妈，我觉得政府很关心我们了，已经足够了，也觉得不苦了，不孤单了，觉得很快乐很幸福很温暖。儿子定金。2013 年 12 月 29 日。

二妈：天又下雨又冷，您和老板冒着寒风冷雨，带来衣柜给我们放衣服、放东西。二妈二爸你们为我们操劳，我们都记得清楚，我们都不会忘记你们的。希望您早点休息吧，别累坏身体。儿子定金。2014 年元月 13 日。

二妈：自己因为旧病发作让您担心了。二妈，辛苦您了，每天都为我们操心，连饭都忘记吃。二妈，我希望您每天晚上早点休息，我怕您累多又倒下，我们这么多人可怎么办？儿子定金。2014 年 2 月 12 日。

蓝定金写的字是楷体字，一笔一画写得工工整整的。

唐翠玉远在和平村的父亲，这个当了 35 年小学校长、年近八旬的老人，得知女儿在家里收留了一些孤寡病残老人和留守儿童，感到很欣慰，派人送来一头家养的大肥猪。大肥猪当天在爱心家园宰了，老人和小孩们像过节一样乐翻了天。老父亲还让人捎来了话，猪肉吃完了继续送来。

后来老父亲果真一次又一次地送猪来，有一次还跟着车子来到爱心家园。给他钱又不要，唐翠玉很是过意不去："阿爸，我没能照顾你，你倒把辛辛苦苦养大的猪送来了，你真让女儿心不安啊！"

老父亲脸上闪过一丝愧疚："小时候阿爸没能送你读书，现在你做善事，阿爸养猪支持你。”

过了几天，唐翠玉亲自把老父亲请到家里来。作为全国助残先进个人，她要去北京参加第五次全国自强模范暨助残先进集体和个人表彰大会了。到北京去开会、到北京去领奖，这是多么光荣的事啊！激动不已的唐翠玉悄悄地对父亲说：“还有更光荣的呢……”老父亲瞪大浑浊的双眼。唐翠玉一脸阳光地说：“接受总书记的接见！”

家园里的老人也来参加晚宴，大家兴奋地谈论唐翠玉去北京领奖的话题。苏福传老人认为，飞机肯定要比村里的拖拉机快得多，理由是拖拉机是跑，而飞机是飞。

蓝定金对唐翠玉说：“飞机是飞在云里的，云里肯定很冷，二妈你要记得穿上厚衣服啵。”

登机前往北京的那天，腰伤复发的唐翠玉被人背上了飞机。刚抵达北京安顿好，手机铃声就急促地响了起来，一接，一波火药味十足的话语劈头盖脸而来：“你是韦寿乐家属吗？你跑哪儿去了？我不管你在北京还是南京，你不来签字，病人就停药！”

“你们等我两三天，我回去马上……”唐翠玉话没说完，对方已掐断了电话。

“怎么办？这可怎么办？”唐翠玉着急得像热锅上的蚂蚁，不知道自己能干什么。既而她安慰自己，自己现在人在北京，医院应该会理解吧。

望着窗外清澈高远的首都天空，唐翠玉默默地祈祷。刚才那个电话，应该是打错了的。她现在要做的，就是以饱满的精神状态参加表彰大会。

5 天后，唐翠玉从北京回到大化县城，才知道那个电话确实是医院打来的，韦寿乐老人又住院了。

在她接了电话不到一个小时，韦寿乐老人就从医院不辞而别。手上还插着输液针管的他，走在人来人往的街头。没人知道他要去哪里，他也不知道自己要去哪里。也许是天意使然，韦寿乐老人走着走着，走到了大化民生宁医院的门口。也恰恰在这时，老人已迈不动脚步，颓然跪倒在地。医院大堂的值班医生见状，立即组织开展紧急救治。

医生对韦寿乐老人进行救治后，问起他的情况。已出现心脏衰竭的老人，勉强说出自己的名字。再问老人是哪里人，他艰难地吐出两个字："六也。"

医生与六也乡人民政府联系，才知道老人孤独一人，目前住在茶油村唐翠玉的绿叶爱心家园。

没过多久，民生宁医院董事长出现在绿叶爱心家园，身后跟着几个医护人员。

家园一楼大厅里，六七个老人正在看电视，蓝定金在逗苏福传的外孙小文泳玩。刚从北京回来的唐翠玉热情地接待了董事长一行。董事长是慕名而来的，他在电视上看到了唐翠玉受到总书记接见的镜头。现在这个镜头变成了一幅照片，挂在她家的墙上。唐翠玉对董事长表示深深的谢意，感激他们对韦寿乐老人的及时救治。

唐翠玉指着小文泳说："这小孩是孤儿，先天性唇腭裂，刚来的时候，喂饭很困难，我带他去做修复手术后，现在情况好多了。”她还向董事长介绍了爱心家园的一些情况。随行的医护人员则给老人们检查身体。

董事长对唐翠玉的善行义举赞叹不已，他不敢相信，这么一个瘦弱的女子，竟然以一己之力集中供养十几个孤寡病残老人，这需要多大的勇气和精力啊！

董事长当即对唐翠玉表态，民生宁医院的大门将永远向爱心家园的病人敞开。他们也有一个民生宁幸福家园，也集中供养孤寡病残老人。如果爱心家园这边应付不过来，随时可以联系他们，他们将全力以赴提供帮助。董事长还透露，住进民生宁医院的，除了享受正常的新农合报销、低保户可以报销 80%、五保户全部报销等政策以外，医院还实行更多优惠政策，比如生活用品医院全包，护工费免费，一天三餐免费，陪护家属只需掏一半饭钱。还有，带去的病人一律不收押金即可住院。

继被评为全国助残先进个人之后，唐翠玉又相继被评为“全国孝亲敬老之星”、广西公民道德模范十大新闻人物、广西壮族自治区优秀共产党员。她的家庭被评为 2016 年全国“最美家庭”。

一个又一个荣誉，是对唐翠玉十几年如一日以无疆大爱温暖关怀孤寡病残老人最充分的肯定。随着荣誉而来的是知名度的提升，“爱心妈妈”这个名头，传扬在大化以及周边县的壮乡瑶寨。

一时间，唐翠玉不断接到来自四面八方的求助电话，岩滩、贡川、共和、古河、江南、七百弄、雅龙等乡镇一些因病致贫致残的人或孤寡老人，纷纷哭求她“救我一命”或是提供容身之所。周边村屯一些群众，不会填写社保申请表的，都来找她帮忙。更为荒唐的是，有个村民在和大家闲聊的时候，开玩笑说唐翠玉从北京回来，带回一千亿资金，专门用于救济村里的贫困户和贫困老人。一些群众竟信以为真，一个传一个，都来找唐翠玉要救济金。

面对来领取“一千亿”救济金的群众，唐翠玉只好耐心地逐个跟他们解释，告诉他们“一千亿”不过是无聊的人茶余饭后开的一个玩笑，当不得真。所谓“一千亿”，是别有用心的人把她丈夫名字中的“如川”和她自己名字中的“玉”并联起来，说成“如川玉”，壮话谐音是“一千亿”。

然而，对于那些来求助的人，唐翠玉总是不忍心拒绝。随着自身腰伤的逐渐恢复，她总是尽着自己的能力去帮助他们，一处一处地跑，一件一件地办，一步一步地做。与此同时，她还加入了公益组织大化绿叶爱心团，成为该社团的主要成员，经常到各个地方去开展爱心公益活动。

自 2003 年以来，唐翠玉热心于公益事业，足迹遍布全县 16 个乡镇近 200 个村以及都安、巴马、东兰等周边县份村屯。她先后把 19 个孤寡病残老人和孤儿接到家里集中供养，长期帮助孤寡老人、伤残人士和精神残疾患者 80 多个；资助过许多贫困学生，其中有 36 名贫困孩子考上大学。

那些她资助过的孩子，每年寒暑假回来，都会到茶油村看望她。

那些受到她帮助的人，念于她的恩情，则送上一面面锦旗——“传递温暖　扶贫济困”“本不是亲人　却胜似亲人”“永世难忘　舍己为老”“呵护老弱传递温暖　倾注真爱尽心尽力”“爱心奉献恩重如山　真情涌动爱心无价”“慈母恩　救子命”“母恩重如山　子当涌泉相报”……

唐翠玉珍惜这些褒奖，把20多面锦旗挂到绿叶爱心家园的墙上，不是炫耀，而是时时刻刻激励自己。

韦庆禄夫妇俩到绿叶爱心家园生活后，丹旧屯彻底地成了一个空壳屯落。废弃的老屋、丰茂的荒草、天然的群山屏障，是个养殖的好地方。

2014年夏天，唐翠玉和蓝如川商量，买来黑山猪、山羊、鸡苗到丹旧屯去放养，以增加家庭经济收入，弥补爱心家园的开支。从此，唐翠玉又像以前到丹旧屯去看望照顾韦庆禄夫妇那样，来往于丹旧屯和自己家之间。不同的是，而今她需要努力让那些猪、羊、鸡长得好好的，解除老人的担忧。

2016年，县里将七百弄鸡作为全县扶贫开发的重点产业来发展。乡里根据全县的工作部署，计划在茶油村建立一个“党旗引领·联建联养”的七百弄鸡养殖场。身为党员的唐翠玉毅然决然地承接了这个任务。

同年7月，唐翠玉注册成立了大化爱心种养专业合作社联社，联社下面设立5个种养分社。合作社采用“党支部+合作社+公司+贫困户+基地”模式，实行统一管理、统一经营、统一销售方式，把村民丢荒的988亩土地流转起来，种植玉米、构树、象草。在村里的丹温、里江、板江、吞干、丹旧、吞江、头司、上司等屯发展七百弄鸡、黑山猪、肉牛等养殖，养殖总面积达到 6065 平方米。

听说唐翠玉成立合作社，急需一名技术员，已毕业到柳州参加工作的蒙烨，毅然放弃公司里的高薪工作，回到唐翠玉的身边协助她发展种养殖业。

在唐翠玉资助的贫困学生名单中，蒙烨名列其中。蒙烨家在板升乡弄系村，父母均有不同程度的残疾，家庭生活很困难。从初中二年级开始，唐翠玉就资助他，一直到大学毕业。蒙烨学的是畜牧兽医专业，来合作社可以帮助“爱心妈妈”发展壮大养殖业，又可以把“爱心妈妈”的爱传递下去。

唐翠玉摸着蒙烨的脸，泪水吧嗒吧嗒地滚落下来。这是对孩子懂得感恩的宽慰的泪水，也是内心长久以来积郁的委屈的泪水。

一直以来，都有人质疑，唐翠玉收留抚养这些孤寡病残老人是有利可图的。唐翠玉这样做，是为了赚大钱。

唐翠玉收留赡养的一个老人，其家属竟然把她告了，说她贪污了老人住院报销所得。唐翠玉得知这个消息，整个人从头凉到脚：借钱救他人的命，不但得不到感恩，还被告了；收养老人家这么多年，自己倒成了罪人。

有必要还原一下这个“案件”的始末：2014 年 4 月 9 日，唐翠玉把一个患有精神疾病的老人送到河池市第四人民医院接受治疗。治疗期间，唐翠玉先后 3 次借村民的钱垫付老人的治疗费用。2014 年 11 月 4 日，老人康复出院。唐翠玉去结算老人的治疗费用，总共花去 12.8 万元。随后又忙前忙后去办理报销手续，报销所得到账后，唐翠玉领取出来还了村民。老人家属知道后，竟将唐翠玉告到纪委。纪委经过调查，还了唐翠玉的清白。

唐翠玉很无奈：当初老人病倒，生活不能自理的时候，你们人在哪里？老人住院时怎么没见你们去照顾他？

2017 年 7 月 29 日，唐翠玉得知县公安局将到板升乡弄冠村集中给当地还未上户口的贫困孩子办理落户手续，她担心那些留守在家的贫困孩子错过办理时间，就赶往弄冠村通知他们。连续 3 个多小时长途跋涉，唐翠玉一到弄冠村就晕倒了。

到医院一检查，唐翠玉患了膀胱癌。

犹如晴天霹雳，唐翠玉被击倒了。她想起当年腰伤住院对绿叶爱心团蒙柏江的托付，难道真要一语成谶吗？她这样走了，绿叶爱心家园里的老人们怎么办？爱心种养专业合作社怎么办？

哭了 3 天、失眠了 3 天后，唐翠玉告诫自己：首先要听医生的话，要相信医学技术，要振作起来，不能自己把自己吓死；然后要及时安排后事，把爱心家园的老人安顿好。

这一次，唐翠玉没有把爱心家园里的老人托付给绿叶爱心团，而是让县民政部门把他们转移到大化民生宁幸福家园。苏福传老人和他的外孙死活不愿意离开，继续留了下来。苏福传老人说他和他外孙就在爱心家园等她，她一定会康复归来。

爱出者爱返，福往者福来。

唐翠玉身患癌症的消息惊动了社会各界的爱心人士，大家纷纷伸出援手，唐翠玉得以到上海去接受治疗。8 个多月后，唐翠玉的病情奇迹般地有了好转。

患病期间，唐翠玉无时无刻不惦念着转移到民生宁幸福家园的老人。出院后，她经常从家里坐车到 30 公里外的幸福家园去看望他们。老人们见到她，就闹着要跟她回茶油村去。

唐翠玉问他们，难道你们在这里过得不好？

老人们说，吃好，住好，护工也照顾得很好，可就是想回去。

唐翠玉无奈地笑了笑。

她理解老人们的心情，老人们跟她住在一起有五六年了，说没有感情依赖是假的，可是以她目前的身体状况，让他们回来，她是无法照顾好他们的。

养病期间，唐翠玉并未闲着，她孱弱的身影经常出现在养殖场。养殖场里，猪在快活地吃着构树叶，牛在悠闲地咀嚼着象草，鸡在树下成群结队地觅食……这是她渴望看到的景象，当然不是她一个人一个家庭的景象，而是茶油村全村的景象。

她把目光关注到那些没有养殖技术的农户上，在绿叶爱心家园里举办养殖技术培训班，把自己掌握的技术和经验毫无保留地传授给大家，同时联系社会爱心人士集资购买鸡苗、猪苗免费送给农户。

丹华屯的韦向华一直想发展养殖，却没有本钱，唐翠玉知道后，答应把自家一头待产的母猪送给他。

韦向华还来不及把母猪领走，母猪已产下 6 只猪崽。韦向华决定猪崽断奶了再领走母猪。唐翠玉却说从她答应把母猪送给他那时候起，这头母猪就是他的了。现在母猪下崽了，这些猪崽自然也是他的，他就应该都拿去养。

哟，这世界上还有这样的道理，让人无法不接受。

靠着唐翠玉送的一头母猪和6只猪崽，韦向华只用了一年多时间，就把黑山猪养殖发展到了20余头，摘下了贫困的帽子。

2021年2月的一天，韦向华拿着一叠百元大钞，走进唐翠玉的家。他先向唐翠玉报告收成，今天卖了8头大猪，得款4万多元，然后把那一叠钱递给她："这一万块，是你当年给我的本钱。要不是你，我也不会有今天。"

唐翠玉的手指像被烫了似的缩回："你养的猪，我拿你钱就不仗义了。"

唐翠玉的合作社成立以来，在茶油村委会的引导下，形成了"自主经营、民主管理、利益共享、风险共担"的合作经营共同体，为村民提供各种技术指导和服务，带动贫困户和一般农户共490多户1400多人发展壮大当地种养产业。2017年至2020年4年间，合作社养殖七百弄鸡、黑山猪和肉牛，年产值950万元，年利润达58万元。2019年，利润甚至达到89.6万元。

2021年4月15日，唐翠玉又在绿叶爱心家园举行大化爱心种养专业合作社七百弄鸡养殖技术培训，全村280多名妇女参加了培训。这是她举办的第8期七百弄鸡养殖技术培训班。像往常一样，培训结束后，她把总价值12万元的3万羽鸡苗免费发给300个农户。

茶油村的人说，唐翠玉是一只猫，也有九条命。看上去她很柔弱，其实她的生命力很强。唐翠玉本人的总结却是这样，她的两次大难不死，完全是因为她遇上了贵人。她后来所做的一切，那些被称为善举善事的，其实是在回报大家，她也是在扮演一个贵人的角色。最后她得出一个结论，即这个社会这个世界，应该是人人为我，我为人人。

17. 灵芝姑娘

卢绘芳的小名也叫“小芳”，和蓝芳灵的小名一样，据说都是从那首叫《小芳》的歌引申过来的，都表达这样一层意思：村里有个姑娘叫小芳，长得好看又善良，一双美丽的大眼睛，辫子粗又长……后来健康村的人给卢绘芳取了一个别名，叫“灵芝姑娘”。

1999 年，风华正茂的卢绘芳，端坐在高中的课堂里，听着老师的课，编织五彩斑斓的梦。这个梦和所有农村孩子的梦是一样的，即考上一所好的大学，开启不一样的人生。有句话说得好，理想很丰满，现实很骨感，不仅仅骨感，还很残酷，甚至很残忍。那一天，卢绘芳的父亲突然去世，小芳哭成了泪人。那一刻她感觉整个教室都在摇晃，回家的路上她觉得天仿佛塌了下来。一个学期后，愁容满面的母亲把心底那句憋了很久的话说了出来：“小芳，不如你也到广东去打工吧，这样你哥哥的学费就有了。”彼时，卢绘芳的哥哥正在广西民族大学读书。卢绘芳没嗯出声来。

卢绘芳沉默了。她能感觉到母亲这句话的每一个字从嘴里吐出来何其沉重，又何其艰难，仿佛每一个字都是一个沉重的轱辘。她明白母亲也是因为陷入了一种无可奈何的境地，才说出如此决绝、如此残忍的话来——这一切都是因为贫穷，贫穷把她的梦想碾碎了。

那年5月，卢绘芳离开母亲，离开家乡，到广东去打工了。在广东打工的日子，芦绘芳不停地辗转于各个工厂的流水线上，把自己最美好的年华丢掷在日复一日、年复一年的机械劳作中。刚进厂时，卢绘芳还不满18岁，还算是童工，大厂进不了，只能进一个小小的五金厂当临时工。正式进厂后，卢绘芳又换过多个工厂，待过五金厂、玩具厂、面包厂、手表厂、电子厂、鞋厂。久而久之，她疲惫了，也厌倦了，心底里时常有一个声音在呐喊："我要的不是这样的生活！我要的不是这样的生活！"一遍又一遍，倔强地。

2008年1月，辗转9年后，卢绘芳来到广东省佛山市一家啤酒厂当文员。相对于流水线上的作业，文员这个工作，让卢绘芳摆脱了那种枯燥无味的日子，也让她的薪水开始稳定下来。她似乎看见，贫穷正在一步步地逃离自己，逃离自己的家庭，母亲脸上的愁云也在逐渐地散去。

然而，命运似乎执意要跟卢绘芳过不去。

2009年10月的一天，卢绘芳突然接到来自家乡的电话："你妈病倒了，回来看看吧！"

卢绘芳心急火燎地请假返乡。她以为母亲只是生了一场普普通通的病，到医院治疗一段时间就会好了。然而当她来到母亲的病榻前，看到母亲满是痛苦、愧疚的神色，她知道母亲一时半会儿是起不来了，她也暂时不能回到啤酒厂那间办公室了。

母亲患的是脑梗。母亲被病魔牢牢地摁在床上，卢绘芳也被牢牢地捆绑在家里，她不得不向公司提交辞呈，结束了打工生活。

为了医治母亲，卢绘芳先后花去了12万元的治疗费，那时候还没有可以报销大病的新农合。而花费这么多的医疗费，母亲的病情依然没见有多大的好转。

高昂的医疗费使卢绘芳穷得叮当响，而失去工作更使她举步维艰。这时候，心底里的那个声音又在倔强地呐喊："我要的不是这样的生活！我要的不是这样的生活！"

当年，父亲去世后她不得不辍学，她没有哭。但这一次她哭了，哭得伤心，哭得难过。她哭自己因为贫穷，没钱把母亲的病完全治好。

母亲出院后，卢绘芳没有放弃对她的治疗，坚持采集中草药给她调理，每天烧水给她泡脚，一直无微不至地照顾着她。卢绘芳坚信，在自己的精心照料下，母亲总有一天会好起来的。

卢绘芳的家乡羌圩乡健康村，山清水秀，林盛草茂。在那一片片坡岭上，遍布各种美味的菌类。小时候，母亲经常带着她到山坡上采摘新鲜的灵芝、蘑菇，那是她年少时最快乐的时光。她撒着欢儿奔跑在树林里，每当发现有新鲜的灵芝、蘑菇，她就会高声欢叫起来，像发现了金子似的向母亲报告。母女俩采集灵芝、蘑菇回到家，父亲就会给她做好吃的蘑菇汤。

现在卢绘芳一个人穿行在她少年时常去的树林里。时过境迁，她已由少年变成了青年，父亲也已不在了，没人给她熬汤了，她也不采蘑菇了，采的是灵芝，采的是中草药。现在灵芝已不像以前林地里随处都可以见到，寻找半天偶尔才会遇到一两朵。

母亲喝过野生灵芝汤后，对卢绘芳说："这可是好东西，吃了以后，感觉真的舒服多了。"

卢绘芳说："那我以后就天天泡灵芝给你喝呗。"

可是山上哪有那么多的灵芝啊，灵芝哪有那么好找！那些日子，卢绘芳上山为母亲找灵芝找累了，也找不到了。有一天她转念一想：山上的灵芝那么难找，为何我自己不尝试培育呢？在家闲着也是闲着，不如找些事来做做，说不定灵芝真的能培育成功。这样既可以天天都有灵芝给母亲吃，还可以把它当作一个产业来发展。后来卢绘芳回忆说，当初她只是想培育灵芝给母亲吃，没想到竟然培育出一个特色产业来。

万事开头难。

培育灵芝，可不是一件容易的事，需要掌握娴熟的培育技术。没有技术，卢绘芳就去县城的书店里买来相关的书籍，按照书中介绍的方法来做；没有设备，她就用煮猪食的大口锅来培育灵芝原料，手工制作菌棒；没有常压灭菌消毒蒸包，她就用石灰来消毒；没有场地，她就在自家的楼顶和闲置的房间内进行培育。

制作菌棒是个细活，光有力气不行，还要有足够的耐心。卢绘芳把培养所用的原料均匀搅拌，拌好后装袋灭菌。灭菌后又对菌袋进行接种、码放整齐，定期给菌棒浇水、控温，检查有没有杂菌感染……

做完这些，卢绘芳便焦急地等待菌棒出芝。然而，那些菌棒就像要沉睡千年似的，丝毫没有苏醒的迹象。等过了一定的时间，卢绘芳才知道，她失败了。就此罢休吗？不！卢绘芳告诫自己，失败了就从头再来，直到培育出灵芝为止。与此同时，卢绘芳也尝试着培育食用菌，同样也遭遇失败的结局。

卢绘芳像是着了魔似的，培育失败了就再次尝试培育，如此反复，一门心思用在食用菌和灵芝的培育上。乡亲们看见她如此痴迷，就把自家的玉米芯、甘蔗渣等可以做菌棒的原料免费送给她试验。"灵芝姑娘"也就这样叫开了。

在外务工的江哥，回家过年时，看到家里到处都是菌棒的原料和那些失败的菌棒，就劝她别做了。

江哥姓龙，全名龙江，和流经宜州区那条河的河名一样，是卢绘芳的爱人，一个上门女婿。

卢绘芳说："我做我的，你别管我！"

通常倒插门的一般底气不是很足或者比较低调，江哥却不一样，他偏偏就敢抓敢管，从不谦让。他说："培育食用菌、灵芝可都是技术活儿，你啥技术都没学过，就凭从书中看到的那点皮毛，就想学着人家种菌？"

卢绘芳说："人家能做到的，我也一定能做到，你等着瞧吧。"

江哥说："哈！照你这样做，我就是等到白了头也不一定能吃到你的菌。"

开春后，江哥又外出务工了。卢绘芳继续试验着，对每一次失败，她都认真总结经验，查找不出菌的原因。是菌棒消毒时间不够，还是菌棒所处环境温度湿度不适合，甚或是光照条件差、空气流通不畅，她都一一地试验，一一地排除。屡试屡败，屡败屡试，卢绘芳乐此不疲。

那一夜，卢绘芳一直守在菌房里，眼睛盯着那些菌棒。她先是听到一种声音，一种很微弱很细小的声音，是那种花开的声音。世人有听过花开的声音吗？卢绘芳此生听到了。后来她确认那是一种气息，像她鼻孔呼出的均匀的鼻息，带有顽强的生命体征。接着一朵朵可人的食用菌，从菌棒上袅袅婷婷地探出身子，婀娜多姿地出现在她的眼前。瞬间，一滴滚烫的泪珠落到她的腿上，她的鼻孔一阵酸涩……在经历了无数次失败之后，卢绘芳终于培育出了属于自己的食用菌。她急忙把母亲叫到菌房，高兴地告诉母亲，她成功了！那一夜，卢绘芳就像一个之前许久不孕的女人，骄傲地亲吻着自己来之不易的小宝宝。她拿起手机，想给远在他乡的江哥打个电话，却又放下了。

卢绘芳成功培育的第一批食用菌长成后，还处于试验阶段，没有人来收购，卢绘芳每天就挑着六七十斤食用菌走村串巷去卖。挑东西去卖，对卢绘芳来说是大姑娘上轿——头一回，有些拘谨，也不习惯。她默默地挑着担子，不敢叫卖，只有逢人时，才跟人家说她卖的是自己种的食用菌，问人家要不要买一些。一天下来，卢绘芳走了十几公里路，走遍村里的每一个屯，挑去的食用菌还是没卖完，却落得个腰酸腿痛、肩膀火辣辣的。母亲就对她说：“走村串巷卖东西，靠的是吆喝，没有吆喝，谁人知道你卖的是什么东西。别怕嘛，放开胆子喊出去，就像小时候你上山放牛大声吆喝牛群那样放开吆喝。”

卢绘芳听从母亲的话，说服自己放开胆子，每到一个屯就大声地吆喝：“卖蘑菇啰——自家种的蘑菇新鲜又美味。”敢于吆喝之后，卢绘芳就挑着空空的担子返回家了。空空的箩筐，却装着她满满的喜悦。

卢绘芳曾经的付出有了回报，但她却高兴不起来。培育是成功了，但培育技术不过硬，产量低，卖价也不高。要紧的是，她着眼的商机无限、市场利润高的灵芝，因技术问题一直还没能培育成功。卢绘芳告诉自己，小打小闹是没什么前途的，要搞就一定要搞大的，搞出名堂来。

似乎就在一夜之间，卢绘芳消失在乡亲们的视线里，人们再也见不到卢绘芳在鼓捣她的那些菌棒。大家都以为卢绘芳放弃了，又外出打工去了。

说卢绘芳外出打工去了也没错。在南宁市苏卢农贸市场里，每天都出现卢绘芳忙碌的身影，她在经营从亲戚那里接手过来的一个小商铺，专门卖土鸡——七百弄鸡。没人知道，无意间她已经成为苏卢农贸市场里的一个小老板。

卢绘芳不是搞食用菌吗？怎么去卖七百弄鸡，去当小老板了？是也不是。那年卢绘芳见到母亲的身体恢复得不错，就安心来到南宁“发展”，这个“发展”可不是一般的“发展”——她自费到广西农业科学院微生物研究所进修。卖七百弄鸡、经营小商铺不过是她解决进修期间学习生活费用的权宜之计。她每天一边经营小商铺，一边到微生物研究所去进修学习各类食用菌和灵芝的培育技术。

这一去，就是两年。

再回到健康村时，有一技傍身的卢绘芳底气更足了，决心也更大了。在村里，人们又看见她忙碌起来。她到乡农村信用社申请了 3 万元的小额信用贷款，在屋前的空地上盖起一个 180 平方米的钢棚，专门用来制作菌棒、存放菌棒，还在自家的二楼设立了一个菌种培育实验室。同时，她到附近的村屯去收购玉米芯、优质金刚木等做菌棒的原料。

在钢棚里，卢绘芳用电锯把金刚木锯成均匀的一截一截后，又用斧子把它们劈成一块块小片，再把劈好的木块和一把把碎木屑装进薄膜袋中，包扎成一个个菌棒……

在菌种培育实验室里，卢绘芳穿着专业的实验服，带着塑料手套，俨然一位菌类培育专家，专心致志地研究菌种的培育。遇到难题或是过不了技术难关，她就充分利用在广西农业科学院微生物研究所学习进修时积攒的人脉资源，通过微信向区内外的食用菌栽培专家咨询解决的办法。

每天，卢绘芳就这样辗转于钢棚和实验室之间。一年下来，她攻克了灵芝母种培育技术难关，基本掌握了灵芝母种分离和活体嫁接技术，制作了 5000 多个菌棒。看着大棚里生机勃勃生长着的平菇、榆黄菇、香菇、灵芝等，卢绘芳疲惫的脸上露出了久违的笑容。

2015 年 6 月的一天，江哥突然一头白发地出现在卢绘芳的面前。

卢绘芳心头一紧："你的头发真白了？"

江哥诡异一笑："终于吃上你的菌了嘛。"

卢绘芳一把扳过江哥的头，仔细端详着。

江哥只好坦白："故意染的，不然你不揪我耳朵嘛。"

江哥这次是卷包袱回来的，一心一意和卢绘芳发展菌类产业。江哥的加入，让卢绘芳如虎添翼。她根据不同季候、不同时节，安排各种菌类品种的培育。春天培育平菇、秀珍茹、黄金菇；夏天培育灵芝、鸡枞菌；秋后可以培育的品种更多，平菇、大球盖茹、猴头菇、香菇、木耳等；冬天适合生产的品种也很广泛。卢绘芳还购置了机械式封棒机、高压锅炉、菌类烘干机、送货车等生产设备，把生产模式推向半机械化，家里也因为发展菌类产业收益可观。2016 年，卢绘芳一家轻而易举地摘掉了贫困户的帽子。

这天晚上，卢绘芳在餐桌上一直闷声不响。江哥知道她又有想法了。不得不承认，卢绘芳的想法就像那些菌种一样不断地冒出来。不过今晚卢绘芳的想法很简单，她认为自己在菌类种植这一块，算是摸到了门路，何不成立一个合作社，带领更多的村民一起发展菌类产业。

卢绘芳跟江哥说出了自己的想法。江哥认为她在走程序，实际上也是在走过场，尊重他一下子而已，就说你讲怎么做就得了。

卢绘芳开始在村里向村民宣传自己成立种养专业合作社、吸纳群众尤其是贫困群众一起抱团发展的想法。她的依据是：做产业、做健康产业是最吃香的。菌类产业是短平快的产业，投资少，周期短，见效快，效益也高。经过她这几年的试验，这个产业的前景还是很广阔的。

卢绘芳说得很简单，村民听了却感觉很复杂，习惯从事传统产业的村民疑虑重重。在村民们看来，很多事就是这样，一个人做的时候，可能会做得好好的，可一旦大家伙儿一起做了，就有可能吃不香了。

卢绘芳进一步解释，成立合作社，不是简简单单地挂个牌子就算成立了，合作社是实实在在地做事、做大事。她已经和广西农业科学院、广西食用菌协会联系上了，这个合作社就以他们为技术依托，县里的农业农村局、科技局以及大化县瑞杰生物科技有限公司等也将会给予大力支持。

“加入合作社有哪些条件？”

“可以以土地流转的方式和资金入股的方式参加经营。合作社将通过资金入股分红、安排就业创收、提供技术培训、提供种苗及回收产品销售等方式带动大家一起致富。”

2016 年，卢绘芳成立了大化羌圩晨飞种养专业合作社，采用“党员 + 合作社 + 基地 + 贫困农户”的经营模式，流转 10 亩土地，扩建 3 个菌棚。整合村民卢有金、蓝宝宗、韦景干等 5 个贫困户各 5 万元小额信贷资金入股参加经营，吸纳邻近的那良村委入股 25 万元。

按照卢绘芳的最初设想，这个合作社就是要进行食用菌系列产品的研发种植、深加工以及销售，同时，还要试验种植野生铁皮石斛等中药材，建立起生物与健康产业链一体化模式，通过科技的示范引领，大力发展特色扶贫产业，帮助贫困户实现增收和脱贫致富。

合作社成立后，卢绘芳每天安排 8 个村民在合作社务工。忙不过来的时候就安排增加人手，帮助搅拌菌棒原料、填充菌棒、采摘菌菇、搬运菌肥等。卢绘芳请这些村民来帮工，每天付给他们每人 80 元至 100 元不等的劳务报酬，平均每人每月有 2000 元以上的工资收入。

村民韦锋华是村里的残疾特困户，平时种植玉米，家庭经济收入单一。卢绘芳就动员他到合作社，负责收购和运输玉米芯、甘蔗渣、杂木屑、秸秆等原料。韦锋华欣然同意，每天开一辆三轮车到各村屯去收购原料送到合作社。卢绘芳按每斤三毛钱的报酬给他，一个月算下来，韦锋华有 1000 多元收入。

卢有金、蓝宝宗、韦景干等 5 户社员，他们除了在合作社做工的务工收入，每年还可以拿到一定的分红。很快，他们也顺利地实现了脱贫摘帽。入股的那良村委每年也获得 20000 元分红，增加了村集体经济收入。

身为合作社的负责人，卢绘芳肩上的担子更重了。以前她只专心于各类食用菌和灵芝的母种、原种、生产种的培育，而今她要考虑得更多，她不仅要培育出好菌、好灵芝，利用废弃的菌棒种植铁皮石斛，还要思考如何打开销路，确保社员们每年都获得分红。

2018 年 9 月，卢绘芳自费到广西农业科学院学习农产品销售、市场开发、贫困地区脱贫产业发展技能等知识。回来后，卢绘芳通过线上线下销售方式，延伸她的菌类种植产业链，把合作社生产的平菇、榆黄菇、香菇、黑灵芝、盆景灵芝等菌类销往南宁、百色、广东、上海、北京等区内外市场。黑灵芝、盆景灵芝甚至销到东北一带，深受广大消费者的青睐。

随着产品销路的打开，卢绘芳也远近闻名了，很多人都知道她是业内专家。广西农科院、一些食用菌生产企业，包括广西业内最大的公司以及很多省外的老板，都想高薪聘请她去从事食用菌研发工作或者当全职技术指导。但是，她都婉言谢绝了。

卢绘芳不是目光短浅，她是不想离开，也不能离开。她的合作社就在那里，她要打理好它，让更多的人尤其是贫困群众一起来发展食用菌和灵芝种植产业。在她和社员们的共同努力下，合作社已完成基地各种设施建设投资总额达 60 多万元，建成综合实验室 1 个、标准化种植大棚 5 个，总面积达 5000 多平方米。2019 年合作社年产食用菌达到 3 万余棒，总收入 70 多万元，纯收入 30 多万元，直接带动贫困户 5 户共 15 人，间接带动贫困户 41 户 158 人，共带动贫困户增收 7 万多元。2020 年新增投资 30 万元，生产菌棒 10 万棒、灵芝 2000 斤、灵芝孢子粉 600 斤，年产值达 80 万元。

在管理好合作社的同时，卢绘芳还应邀到外地指导传授食用菌和灵芝栽培技术。她曾受邀到钦州市钦北区指导当地政府发展菌类产业种植，到南宁市邕宁区新江镇大化水库移民安置点指导当地残疾人种植菌类，她还被南宁盈高农牧有限公司聘为兼职技术总监。县妇联每年在合作社举办菌类种植培训班，都让她来传授菌类种植技术，引导更多的贫困妇女发展菌类产业。2020 年，晨飞种养专业合作社被自治区妇联列为广西巾帼科技示范基地。除了受邀去指导传授技术，也有一些人慕名前来向卢绘芳求学。2019 年 10 月，有个广东佛山人来到合作社，跟她做了 3 个月的学徒，学习菌类种植。

很多朋友看到邀请她指导传授技术的单位和个人特别多，就建议她开班传授菌类种植技术来赚钱，但她没有采纳。她认为那样也许来钱会很快，却不是她想做的，她想做的是实打实的事情。

从 2020 年夏天起，卢绘芳不再接受任何的讲学邀请，而是一门心思沉潜到新品种的培育试验中。这一次，卢绘芳要培育的新菌类品种是桑黄。

桑黄和灵芝一样，是药用价值相当高的保健养生产品之一，可以提高人的免疫力。这个菌种只有东北栽培成功了，广西还没有人培育成功过。卢绘芳意识到，如果桑黄培育成功，那么对于合作社来说，将注入更大的活力。

桑黄是一种很娇气的菌类品种，培育起来非常艰难。从分离子质体到试管培养，每一步，卢绘芳都像呵护新生的婴儿一样小心翼翼。纵然卢绘芳再怎么细致认真，桑黄菌还是容易感染杂菌、绿霉之类的，使她的菌种很难培育成功。

试验失败一次，卢绘芳又从头再试验，再试验再失败。实验 N 次，也失败 N 次。这期间耗费了她不少的资金和精力，但她始终不放弃，相信自己一定能够成功，就像前面的成功一样。她深知之所以暂时还没培育成功，是因为她对一些技术难题还没有攻关下来。一次次失败之后，她都鼓励自己再加把劲：小芳，你离成功已经很近很近了。

浙江科峰生物研究院得知卢绘芳在主攻桑黄菌的培育，就向她承诺，如果她培育桑黄成功，到时将向合作社投资，用以大量培育桑黄，并负责回收产品。这无疑给卢绘芳打了一剂强心剂，她试验的劲头更足了。

2020 年 12 月 27 日，是卢绘芳的生日。这一天，她像往常一样走进实验室，去观察菌棒的动静。那些菌棒像是知道了今天是主人的生日，就冒出了一朵朵金黄的菌菇。卢绘芳看在眼里，喜在心上，忍不住拍下冒出桑黄菌的菌棒，发了一条朋友圈："你的微笑，使我百媚生，这是生日的最好礼物。"

菌棒冒出了桑黄菌，这是希望的火种。毛主席说了，星星之火，可以燎原。然而，桑黄菌能不能长好，还需要时间。而眼下已是冬季，天气寒冷，卢绘芳不敢掉以轻心，无时无刻不在关心实验室的温度，既担心桑黄菌怕冷，又害怕桑黄菌受热，简直操碎了心。每当和那些桑黄菌面对面的时候，卢绘芳总是喃喃自语："待你如宝贝，爱你胜过爱我自己，不知道你何以回报我？"

2021 年 1 月和 2 月，卢绘芳先后当选健康村党支部书记和村委会主任，一肩挑起村党支部和村委会的重担。挑起这副担子的最好体现，是挑起产业发展的担子，就是干实事，因此，她又流转 10 多亩冬闲田，扩大种植菌类。与此同时，浙江科峰生物研究院获知她成功培育桑黄，已和她约定于 2021 年 6 月中旬签订合作协议，一起发展桑黄种植。不仅如此，该公司还有意向跟她合作深加工灵芝孢子粉，这正是她梦寐以求的事。她心中一直有个梦，引进大公司来健康村投资，把健康村的菌类产业做大做强，带动村里更多的群众一起种植菌类发家致富，让明天的健康村遍地黄金。卢绘芳坦诚道，起初她种蘑菇、种灵芝、种菌类，只是种给母亲，现在变成了种给天下人……

18. 拎着一袋生锈的钥匙出发

潘云飞直接对父亲说，她不想干了。潘云飞说这句话是在2015年年底的一天晚上，具体哪一天已记不起来，反正就是2016年元旦前几天的某一个晚上。因为她的这句话，在新年的钟声即将敲响的这天晚上，父女俩进行了一次推心置腹的长谈。从小到大，潘云飞一直是个听话乖巧的孩子，从未让父亲操心过。这样的长谈，在她成长的岁月里绝无仅有。

潘云飞的父亲是个民营企业家，创办的企业拥有13项国家一级资质，年纳税5000多万。2009年7月，潘云飞大学毕业后，父亲把家里的大酒店交给她经营管理。刚走出校门的她，就这样成为人人羡慕的企业的老总。

深色的正装、漂亮的坤包是她的标配。每天早上她准时来到酒店，高跟鞋踩在红色地毯上一点声响都没有，着装整齐的员工早已闻声或者按时列队在通道那里，齐声问候："潘总，早上好！"潘云飞微微颔首，轻轻地推开总经理办公室的大门。夜晚，潘云飞来到餐饮区，常规巡视一番后，敲开某个重要包间，微笑着出现在宾客的面前。潘云飞本来就长得漂亮，再这么妩媚一笑，更让人感觉这种漂亮是天生丽质，令人心悦诚服。潘云飞偶尔会应客人的邀请碰上一两杯。她的酒量是可以的，有遗传基因。回眸一笑时，她真诚地祝愿宾客用餐愉快。每到淡季，潘云飞就带着儿子跟随丈夫出去走走，尽情地感受祖国大好河山的雄伟壮丽，日子过得波澜不惊。

一身得体的正装穿了6年，酒店老总当了6年，而且当得得心应手，当得顺风顺水，潘云飞却突然说不想干了。

父亲问："管理一家酒店很辛苦吗？"

潘云飞说："不辛苦，是闲得慌。"

"很多人想闲都闲不了呢。"

"我不想闲，平淡寡味的生活，一点意思都没有。"

"你觉得哪种生活才有意思？"

"那种具有挑战性的。"

"说具体点。"

"我觉得一个人不管家庭背景如何，都要去寻找生活真实的意义，实现属于自己的人生价值。"

"说得好听！"

"这是我的心里话。"

"你的意思是想逃离老爸的影子，逃离家族的影子，单飞？单干？"

"我就想自己闯一闯。"

父亲看着一脸严肃认真的女儿，不像是带有情绪的，也不是跟他闹着玩的，沉默了一会儿说："你想闯一闯，你想要具有挑战性的生活，很好！你等着。”

父亲缓缓地站起身，进到房间里去，拎着一只编织袋出来，放到女儿跟前：“拿去吧，这个很有挑战性，而且不是一般的挑战性。”

潘云飞疑惑地看了父亲一眼，打开编织袋，里面是一串串生锈了的钥匙，一串串房间的钥匙。

潘云飞不解地望着父亲，不明白父亲到底是什么意思。

父亲徐徐道来，2014 年 7 月份，大化作为全市养老服务改革试点县，县里实施养老服务改革，率先推行“公建民营、医养结合”的养老服务模式，激发社会力量参与养老服务。因为这是非营利性的养老服务，模式虽然新，但很难说有什么盈利空间，所以没有老板接手。父亲呢，却有他的考虑，主要是从做善事的角度来考虑。于是父亲就顺利地通过公开招标，拿下这个项目。项目拿下后，父亲却没有精力，也一直没有时间去谋划和运作。

父亲说：“我正愁着请哪个来负责这事呢，既然你想要有挑战性的生活，这袋钥匙就交给你了。”

“这些钥匙是……”潘云飞还不是很明白，因为父亲说得比较宽泛。

父亲说：“这是养老院的钥匙。”又提醒道：“这是一项很有挑战性的养老服务工作。”

潘云飞终于明白，父亲指引给她的是养老院的事业。养老院她不是没听说过，而是早有所闻。小时候母亲就带着她拿些衣物和食物到救助站，送给那些被遗弃的老人和小朋友，那时县里还没有养老院。在一次家庭聚会中，一位作家叔叔讲的一个故事让她印象特别深刻。两位老庚（方言，结拜兄弟）久违相见，彼此打听各自家庭情况。老庚甲问老庚乙："你那儿子呢？"老庚乙一脸自豪地答道："在南洋呢，就新加坡嘛，也不算远隔重洋。"又问老庚甲："你那两头牛呢？"老庚甲有些自卑道："我那两头牛不争气，红水河都过不去，就在这楼上二楼三楼。我看你别找宾馆了，就住寒舍这里，有两头牛照顾我们。"

这两位老庚表面上谈论的是儿女成才话题，其实是养老送终问题。养子防老一直是国人的传统观念，却又不是每个人都可以心想事成，因而养老院就成了大部分人的"中转站"。说实话，潘云飞并不清楚这个项目，也没想到父亲指引的是这样一个极富挑战性的事业。

所有的钥匙都锈迹斑斑，潘云飞心里嘀咕，这难道是生活的颜色？不，生活的颜色或底色不应该是这样的，应该是本色或者崭新的。潘云飞将钥匙放到盛满煤油的盆子里，一把一把地洗刷。煤油变成了猩红色的液体，钥匙还是没洗干净。潘云飞心里明白，这锈迹不是一下子就可以洗掉的，就像一个人身上的某些病痛，不是一下子就可以治好的。

养老院就在民生宁医院不远处的民政事业园区内，潘云飞按照父亲"先把那栋楼打扫干净再说"的要求，拎着那袋钥匙前往那个极富挑战性的地方。

潘云飞是骑着电动车前往的，来到镇南城郊一座不是很高的土坡前，她加足所有的电力，电动车才蹦蹦跳跳地冲到坡上。

在那坡上，就是民政事业园区。说是园区，其实就是两栋已经建成还没使用的楼房，一栋是光荣院的，另一栋是养老院的。除了两栋楼房，还有长得比人还高的荒草，园区内没有任何配套设施。

潘云飞从编织袋里掏出一串钥匙，开启一扇扇门。房间里散落着一些杂物，窗台、地板上蒙着一层厚厚的灰尘。

潘云飞自嘲道，还真具有挑战性。

潘云飞收拾房间里散落在地上的杂物，洒水、扫地、擦玻璃窗。从一楼的房间和走廊开始，一直到5楼，整栋楼80个房间，被潘云飞打扫得干干净净的。

父亲随后到现场进行核验，核验的科目是“扫地扫得怎么样”。小时候也是这样，父亲总是以“如何扫地”“扫地如何”来衡量她和弟弟是否勤快。一屋不扫，何以扫天下！这是父亲经常挂在嘴上的一句话。父亲核验后很满意，达到了他的要求，然后就把身后的10个人交给了她。从今以后，他们就是她的员工、她的队伍。父亲跟她交底，今后养老院接收的将是一群像钥匙一样生了锈的老人。父亲强调，人老了都会生锈。

潘云飞望着父亲：“还有什么吗？”

父亲说：“都在这里了。”

10名员工在潘云飞面前参差不齐地站成一排，像一面稀稀疏疏的篱笆墙。员工人数比她当酒店老总时少多了，潘云飞一下子就有了人手不足的感觉。大伙的眼神都有些茫然，就是那种对方向、对目标、对未来都无法确定的茫然。潘云飞干脆把话说到底："我已预感到我们即将面临的极其艰难困苦的将来，愿意跟我干的留下来，感到害怕的现在就可以下山去……"潘云飞这句话，其实也是对她自己说的。她没想到的是，这10名员工，她起家的班底，没有一个跟她到底，他们都在半途逃离了养老院。

潘云飞带领10名员工开始清理园区内的杂草，购买床铺、棉被、窗帘、办公设备等，有条不紊地筹办养老院。

养老院设施逐步完善后，潘云飞又带领员工外出考察学习，其中专门到广西社会福利院考察学习了半个月。

在外考察学习期间，潘云飞对养老院的名称、服务原则、服务宗旨、办院目标进行思考定位。广泛征求意见后，潘云飞将养老院名称定为"大化民生幸福家园"，确定以"奉若父母，情同亲生"为服务原则，以"孝行天下、关爱老人、诚信服务、奉献社会"为服务宗旨，以"创健康快乐养老典范，建和谐美丽幸福家园"为办院目标。

2016年4月的一天，大化民生幸福家园正式挂牌成立。

民生幸福家园接收的第一批服务对象一共有18人，都是政府兜底的孤寡老人。潘云飞带着10名员工，负责老人们每天的生活起居、保健护理。

刚开始，员工们遇到一些特别难做或不敢做的事，潘云飞就自己亲自去做，为大家做表率，等于现场培训。

开业没多久，潘云飞投入的钱很快就用完了，员工工资发放遇到了困难。潘云飞犹豫再三，只好拨打父亲电话。父亲很干脆，让她自己想办法。潘云飞实在想不出办法了，只好厚着脸皮去家里大酒店借钱。

民生幸福家园接收的第一个自费服务对象，是一位需要临终关怀的老人。

潘云飞记得很清楚，那是2016年初夏的一个下午，一个中年男子带着一个老人来到民生幸福家园，请求潘云飞接收。老人瘦骨嶙峋，一脸痛苦，一看就知道是个身患绝症的人。

中年男子告诉潘云飞，这是他父亲，已到胃癌晚期，医院给退出来了，说是没法治了，叫他将老人送回老家去。老家在本县的古文乡，家里没什么人了，他自己要赶回外地上班，不能一直这样守着父亲。

潘云飞不禁想起她的一位老师讲过的一件事。老师的同事是一位享誉一方的中学老师，姓白。说起白老师，整个县城没有一个人不知晓，名气比县长还大。白老师培养出来的学生遍布全国各地，各行各业，真正配得上“桃李满天下”这句经典名言。白老师的一对双胞胎儿子也很优秀，老大考上北京大学后，移居美国；老二清华大学毕业后，移民加拿大。白老师退休后先后13次申办出国签证，每一次都让领事馆签证官用蹩脚的普通话说了这么一句：“很遗憾！我不能给您签证。”显然人家签证官怀疑她有移民倾向，所以就拒签了。老伴前年去世后，无依无靠的白老师只能到养老院居住。

潘云飞了解到，眼前这位中年男子也是学有所成，父亲辛辛苦苦送他上学，大学毕业他在外地工作、成家。如今他父亲身患绝症，就要离开人间了，而他却没有时间陪在他的父亲身边，照顾父亲，报答父亲，真是自古忠孝两难全啊！

中年男子两眼泪汪汪地说："拜托你了。"

潘云飞说："你放心，我们会像照顾自己的父母一样照顾他。"

收留这样一个身患绝症的老人，潘云飞和她的护工们可以无微不至地照顾他的生活起居，却没办法分担他的痛苦。每天大部分时间，老人都在撕心裂肺地呻吟、叫唤。这个时候只能求助附近的民生宁医院，医生及时过来给老人注射止痛针。潘云飞终于明白父亲要把医院和养老院办在一起的原因了。这世界上最好的邻居，可能就是医院和养老院了。

第七天，老人突然口吐乌血。

护工通知潘云飞后，她立即赶到老人房间。只看见地上全都是血，床沿上也沾染了血。老人蜷缩成一团躺在床上痛苦地呻吟，护工站在一旁瑟瑟发抖。

从没经历这种场面的潘云飞也慌了神，她感到害怕极了，不知如何是好。可她转念一想，护工害怕，自己也跟着害怕，往后工作还怎么做！

她定了定神，一边吩咐员工清理地上的血迹，换干净的被单，一边电话通知老人的儿子，老人可能挺不住了。

在老人的儿子还没赶到的时候，潘云飞和护工一直守护在老人的身旁。潘云飞握着老人的手，体会到了什么叫皮包骨头，感觉到他的手也在紧紧地握着自己的手。

那时那刻，老人已说不出一句话了，只是无助地看着潘云飞。枯井一样的眼眶里，流露出的尽是渴望，渴望潘云飞能够救他，渴望能活下去。

泪水迷蒙了潘云飞的双眼，她无计可施，只能紧紧地握着老人的手，试图向他传递一丝力量、一丝生机、一丝温暖。然而，那只手，那只握着潘云飞的手，在渐渐地失去力量，失去温度。

他的儿子，那个中年男子，还在从外地赶来的路上……

等到老人的儿子和女儿赶到，潘云飞和他们一起给老人擦拭身体、穿寿衣、装殓入棺，送上殡仪车。

临走时，中年男子紧紧地握着潘云飞的手："谢谢你！你是我父亲生命最后时刻陪在他身旁的……亲人。"

潘云飞告诉他："你父亲走的时候，一直呼唤韦国军。"

中年男子说："那是我的名字。"

潘云飞淡淡地说："你要记住你爹的好，将来你的儿子才会记住你的好。"

民生幸福家园接收的第二个自费服务对象，来自都阳镇，是一个叫老春的 50 多岁的中老年人。

老春患有老年痴呆，还经常有暴力倾向。平时管护特别费心费力，尤其是给他洗澡时，很费力也很不便，常常需要五六个护工一起齐心协力，才能顺利完成。因为还没招到男护工，女护工就建议潘云飞叫老人的家属来把他接回去，但潘云飞不同意，坚持留他下来。

潘云飞跟护工们解释，家属把老春送到她们这里来，是对她们养老院的充分信任。她们不能因为遇到困难就退缩，如果遇到难伺候的老人就不接收退回去，还要她们养老院干什么！

那时候，民生幸福家园刚刚起步，要做的事情很多，很多时候潘云飞都亲力亲为。她一天到晚忙得焦头烂额，还和护工一起照顾老人们。

有一天下午，潘云飞忙完手头的事情，已是下班时间。那时候，护工们准备给老春洗澡。老春又闹了起来，死活不给洗。潘云飞过去帮忙，老春挥舞拳头，一拳打到她的肚子上，疼得她蹲在地上好一会儿才缓过劲儿来。

给老春洗完澡后下楼来，一个有自理能力的老人对她们说道："帮男人洗澡，不感到害臊吗？"

几个护工听了，愤怒至极。一个女工指着他说："等你到了动弹不得的那一天，看哪个给你洗！"

潘云飞制止了大家，严肃地对那老人说："到这里来的每一位老人，我们都让他活得有尊严，包括您。"

回到家，已过了晚饭时间。母亲见她这段时间经常很晚才回家，都没能在一起吃过一餐饭，就对她说："如果实在忙不过来就跟你爸讲，别硬撑着啊。"

正端着饭碗的潘云飞，听到母亲关切的话语，想起白天老春打来的拳头，想起那个老人的风凉话，顿时觉得委屈起来，一滴滴滚烫的泪珠落在碗里，又被她扒拉着一粒粒地吃进肚子里。

除了接收家属送上门来的自费服务对象，潘云飞还要根据民政部门报过来的统计信息，到全县各乡镇的村屯去接收失能半失能的特困人群。接收这类人群，都要先征求家属的意见，家属同意了，民生幸福家园才能接收过来。

有一次，潘云飞在县民政部门同志的带领下，到大化镇大调村去接收一个失能的特困人员。这个失能的特困人员是一个30多岁的男子，四肢残疾，还伴有严重的心脏病。

潘云飞来到他家，只见一块木板挡在家门口，这个男子在木板后面昂着头往门外张望。他的母亲听闻民政部门和民生幸福家园要来接走他，显得异常高兴，迫不及待地将他送上了车。

这名男子住到民生幸福家园半年后的一天，突发心脏病去世了。

潘云飞打电话给他母亲，告诉她这个不幸的消息。母亲只说了一句，死了就死了呗，哪个人不死呢！

潘云飞说："你们来人接他回家呀。"

这位母亲拒绝道："不去，你们该怎么处理就怎么处理。"

潘云飞只好买来寿衣给男子穿上，给他入殓，然后送到武鸣火葬场。

到了火葬场，潘云飞被告知，要有亲属到场签字后才能火化。潘云飞又打电话给男子的母亲。他的母亲还是那一句"不去，你们该怎么处理就怎么处理"，然后就挂掉了电话。

潘云飞没有办法，只好打电话给民政部门，请民政部门协调镇里和村里的干部去做思想工作，他的母亲才不得不让男子的姐姐到火葬场来签字。一签完字，姐姐就没了踪影。潘云飞再通知他的母亲来领走骨灰时，电话就再也没人接了。

像这名男子的情况一样，家属或旁系家属不愿意领回骨灰的有好几家，潘云飞只好将他们的骨灰拿到山上去安放。

做养老服务工作，让潘云飞经历了太多的生离死别，见识了人性光辉的一面，也见识了人性阴暗的丑陋的一面。她成熟了许多，也沉稳了许多。繁重的工作，经常性的加班加点，并没有让她变得憔悴和苍老，反而更富有青春朝气，反而越活越年轻，越来越漂亮。有的闺蜜说她是逆成长，有的说她是脱胎换骨了。有人劝说她，一些事该由政府出面就由政府出面，没有必要大包大揽，没有必要把那些很苦很累的事都承担起来。潘云飞却认为，她虽然不是政府里的人，但她是党的人。党叫干啥就干啥，这不是空头支票，不是标语口号，不是光打雷不下雨，不是只闻脚步声不见人影子，而是一串串看得见摸得着的钥匙，可以打开一扇扇门。

昔日荒草丛生的民生幸福家园，如今绿树成荫，亭台楼榭相得益彰。餐厅、接待大厅、康复室、活动中心等康乐设施设备一应俱全，占地面积达 50 余亩，建筑面积超过 20000 平方米。设置床位 525 个，拥有员工 115 名，入住养老人员 290 人，其中政府兜底养老人员 200 人、社会自费养老人员 90 人，成为广西养老服务行业协会成员单位，广西四星级养老服务机构以及自治区、市、县三级医养结合示范单位。2017 年 1 月，民生幸福家园被自治区人民政府残疾人工作委员会授予“全区扶残助残先进集体”荣誉称号。

潘云飞把一串串生锈的钥匙洗刷得锃亮如初，打开了一个个老人、病人的心扉，让他们的心灵世界亮堂起来。

2021年4月18日下午，民生幸福家园里一阵阵欢声笑语此起彼伏，洋溢着欢乐喜庆的气氛。这一天，大化民生幸福家园举行成立5周年庆典活动。有关部门的同志、志愿者以及院里的老人欢聚一堂，一起庆祝家园的生日。

从民生幸福家园成立之初，便一直给予大力支持、关心和关爱的“爱心妈妈”唐翠玉也出现在庆典现场。她在发言中说，关爱今天的老人，就是关爱明天的自己。民生幸福家园5年的付出，让人们真切地感受到幸福家园人对养老事业的钟情和热情。她真诚地祝愿，民生幸福家园明天更美好。

有人苦苦追求是为了过上安逸的生活，有人放弃安逸的生活却是为了寻找生活的意义。毫无疑问，潘云飞属于后者。

19. 沿着云的足迹

瑶族是一个有语言没有文字的民族，瑶语里有一个口头语叫“尔鲞”，翻译成汉语是“上天派来为人类解除病痛的使者”。大化县板升乡弄丛村的村民，一直认为上天给他们派来了两个“尔鲞”，一个是蓝云，另一个是蓝云的妻子蒙超英。

2003 年 6 月，22 岁的蒙超英嫁给蓝云。那时候，蓝云在河池市卫生学校进修即将结业。在这之前的 1988 年 9 月至 2000 年 7 月，蓝云曾先后在板升乡的三洞村、弄立村和弄丛村当了 12 年的代课教师。那时他发现，偏远山村教师倒是充足，可村医一个也没有。村民们平时生个小病就忍着，生了大病就死扛着。他想，自己何不去学医，回来在村里开个诊所，方便村民们看病治病。

2000 年 9 月，怀抱悬壶济世的情怀，蓝云辞去代课教师的工作，来到都安瑶族自治县卫生学校学医。两年后的 2002 年 9 月，又到河池市卫生学校进修。回到弄丛村后，蓝云在村部开了一个诊所。2014 年 1 月，诊所改成了农村合作医疗所，蓝云正式在医疗所上班。他放下教鞭，挂上听诊器，穿上白大褂，由代课教师变成了村医。村医不像大医院的医生，等着病人上门。村医大部分时间是背着药箱翻山越岭，走村串寨，登门入户去为患者解除病痛。村医没有固定的诊室，医疗所只是作为一个门面存在。村医的诊室很多时候就在农户家里，甚至在田间地头。村医没有固定的上下班时间，不论是白天黑夜，还是刮风下雨，一旦村民来报信（后来是电话报诊），他就背起药箱沿着山路匆匆赶去。弄丛村的每一条羊肠小道，每一个锅底状的弄场，都留下了蓝云的影子和清晰的足印。

2005 年 1 月，蓝云和蒙超英有了爱情结晶。儿子蓝胤睿的到来，让这个小家庭充满了欢声笑语。然而，天有不测风云。2006 年 12 月，蓝云被查出患了鼻咽癌，快乐无比的小家庭笼罩在阴郁的乌云之下。但是厄运没有击倒蓝云，病痛不改他的初衷。每天他依然拖着虚弱的身体为村民看病治病，一边治疗自己，一边治疗别人，更有一种同病相怜、惺惺相惜的牵挂。

开始的时候，蓝云是希望有一个人来协助他。面对自身的病痛，他纵然有顽强的毅力和乐观向上的精神，但也渐渐觉得力不从心。蓝云就希望到了那一天，有一个人来延续他的事业，继续把这个医疗所办下去，继续有村医为村民看病治病。

可是，去哪里找这样一个人呢？以前村里找一个代课教师很难，现在村里有文化的人多了，即便外面的教师不愿进来，在村里随便找一个人都可以上讲台。但是，现在要在村里找一个能治病救人的村医就很难了，像以前找一个代课教师那样难。找外村的人来当村医，更是难上加难。

蒙超英轻轻地摇着摇篮，嘴里哼着摇篮曲，小蓝胤睿在摇篮里甜甜地睡着了。

蓝云坐到摇篮边，一只手在小蓝胤睿胖嘟嘟的脸上轻轻地摸了一下，小蓝胤睿像被亲吻了似的咧开嘴，甜甜地笑着。

蓝云小声地说道：“英，我想送你去卫校读书。”

蒙超英说：“怎么冒出了这个想法？”

蓝云说：“我不在了，以后哪个给村民看病？”

蒙超英说：“瞎说！你会好起来的。”

蓝云苦涩一笑：“我是当医生的，我的身体状况我明白。”

蒙超英说：“就因为你是医生，你能医好村民的病，就一定能医好你的病。”

蓝云说：“但愿吧，不过我还是希望你去读卫校。”

蒙超英说：“不行，绝对不行！”

蓝云问：“为什么？”

蒙超英说：“我去读书，哪个来照顾你们？胤睿离不开我，你更离不开我，我不能丢下你们。”

蓝云说：“以后村民要靠你了。”

蒙超英说：“以后是以后，现在你们两个要靠我。”

蓝云缓了一口气：“我现在也需要你协助我，你读了卫校回来，就可以更好地协助我了。”

蒙超英说：“我去读书了，工就不能做了，学费生活费是一笔不小的开销，钱从哪里来？你怎么化疗？家里的花销怎么办？”

蓝云却胸有成竹：“我会有办法的。”

听说蓝云要送蒙超英去学医，所有的亲戚坚决反对，孩子这么小，他又得了重病，蒙超英去读书了，这个家还要不要？更有人提醒蓝云，蒙超英年纪可比他小得多，他这是送她去学医呢，还是把鱼儿放入红水河去？他自己要掂量一下。

蒙超英的父亲是个退休教师，和蓝云在弄丛小学共事过。得知女婿要送女儿去读卫校，虽然感到很欣慰，还是担心女儿如别人所提醒的那样，一去不回。他也提醒蓝云："反正我女儿嫁给你了，你自己看着办吧。"

蓝云说："你女儿是个什么样的人，我懂。"

2007 年 8 月，蒙超英拿着丈夫四处借来的学费，走进了距离弄丛村 250 公里的位于金城江的河池市卫生学校的大门。

每年放寒暑假，蒙超英就跟着丈夫一起下队给村民们看病治病。丈夫虽然身患癌症，可是出诊路上，有时候蒙超英也没能跟上他。看到丈夫抱病出诊，从不顾及自己的身体，蒙超英心里除了疼痛，就是深深的敬佩。丈夫这种视乡亲为亲人、把病人当家人、时刻为患者着想的情怀，深深地感染着她。在学校她学到了医术，从丈夫身上她学到了医德。

2009 年 7 月，蒙超英完成学业，回到了弄丛村，和丈夫携手治病救人。经过丈夫一年多的传帮带后，蒙超英可以独立出诊了。

蓝云如释重负地对她说道："你可以接我的班了。"

泪水从蒙超英的脸上扑簌簌地滚落下来，她心里感到一阵阵酸楚。为了治病和送她读卫校，丈夫已欠下 7 万多元的债务，而他的身体每况愈下。

2011年5月6日，蒙超英的丈夫蓝云，那个疼她爱她带她走上行医之路的男人，那个以博大的胸怀十年如一日坚守瑶山行医的共产党员，还是永远地离开了她……

那一年，中共大化县委、中共河池市委、自治区党委先后追授蓝云“优秀共产党员”称号，号召各级党组织及社会各界向蓝云同志学习。

8月1日，卫生部追授蓝云“人民健康好卫士”荣誉称号，并在全国卫生系统深入开展向蓝云同志学习的活动。

11月17日，以蓝云名字命名的蓝云诊所正式投入使用。诊所里那个穿着白大褂的村医，正是蒙超英。

蒙超英依然保留着丈夫的手机和号码，村民也都知道蓝云医生已经去世了，但还是不时有本村和邻近村寨的乡亲拨打这个号码。每当电话一响，蒙超英就说我是蓝医生，现在马上出诊。

每天，蒙超英迎着初升的太阳，准时打开蓝云诊所的大门。平时除了正常的接诊出诊，蒙超英还要进屯入户开展家庭医生签约服务。所谓家庭医生签约服务，就是通过签约的方式与签约家庭建立起一种长期、稳定的契约服务关系，对签约家庭的健康进行全程的个性化服务。这是脱贫攻坚期间卫生部门推出的一项惠民举措。

弄丛村17个自然屯620户近3000人中，共有7位精神病人、84位高血压患者、12位糖尿病患者和3位肺结核患者。每一年，蒙超英对全村的每一个家庭至少都要走访1次，一旦发现群众患有慢性病、大病，就立即统计上报乡卫生院。对村里的精神病人、高血压患者、糖尿病患者和肺结核患者，蒙超英一年至少走访 4 次以上。

脱贫攻坚战打响后，弄丛村每个屯都通上了屯级水泥路，蒙超英出诊和走访时就骑着摩托车。以前没通水泥路，蒙超英都是步行下去。到最远的屯，去时太阳还没升起，回到家已是繁星满天，或月儿高挂。

很多时候，蒙超英选择徒步进屯入户，沿着丈夫生前的路线图走。太阳刚在坳口露脸，蒙超英就背着丈夫背过多年的药箱出门。当阳光一缕缕洒满整个山弄，蒙超英正行进在山间的小道上。迎着耀眼的阳光，蒙超英仿佛看见一个熟悉的身影，正背着药箱走在她的前面。

“云——你慢点走，等等我。”

恍惚中，蒙超英情不自禁地叫了一声。

影子停下脚步，转过身来朝她微笑。那张笑脸像这周身的阳光，暖暖的。

来到那棵茂盛的香樟树下，蒙超英定神一看，原来是村里的热心青年蓝一铭。蓝一铭单腿跨在那辆半旧不新的摩托车上。他说：“姐，以后你出诊，我负责接送。”

蒙超英说：“好呀，你不嫌麻烦就是了。”

话是这样说，后来蒙超英出诊走访时就自己骑摩托车下去。骑了一段时间，她突然感到眩晕、恐惧，看着路坎下面就像看到了万丈深渊一样，她以为自己患上了恐高症。

到了 2014 年底，这种感觉越来越严重，蒙超英开始出现浑身不适、恶心、呕吐等症状。夜间睡眠不好，眼睛还肿了起来。时间进入 2015 年 1 月，蒙超英发现眼睛的肿胀不但没有消退，还发展到全身，身子也肿了起来。她不得不到医院去检查，一查就查出严重肾衰竭。

噢，上天，你早早就收走了我丈夫，难道也要早早收走我吗？蒙超英又一阵眩晕，差点倒在医院里。想到丈夫留下的 7 万多元债务还没还清，自己一个月的工资收入只有 1000 多元，蒙超英没在医院住下来，而是回家保守治疗。保守治疗期间，蒙超英始终坚守在村医岗位上，每天正常接诊、出诊和走访。

2017 年 10 月的一天晚上，蒙超英突感身体严重不适，呼吸非常困难。情急之下，家人连夜将她送到大化县人民医院。检查后医生告知家人，蒙超英患上了尿毒症，不能再保守治疗了，必须尽快到南宁的大医院去接受检查治疗。

从 2017 年 10 月到 2018 年 4 月，蒙超英先后多次到广西中医药大学第一附属医院和自治区人民医院住院，做血透。后来，蒙超英实在没有钱了，只好转回县人民医院做血透。开始是一个星期到县医院做 3 次血透，后来就减少为一个星期两次。除了经济原因，还有就是时间不允许。蒙超英认为，如果一个星期她从弄丛村跑来县城 3 天，那么诊所就有 3 天不开门，群众会失望的。

蒙超英生病以后，出诊、走访就再也不骑摩托车了。近的，她走路；远的，就叫人开摩托车送一下。

“嘟嘟嘟”，一阵摩托车声由远及近，是那辆半旧不新的摩托车又来了。热心青年蓝一铭家在七百弄乡弄合村，他得知蒙超英患病后坚持为村民看病，平时都是徒步进屯入户，徒步到乡里面开会，就主动承担起接送的任务。蒙超英一个电话，蓝一铭就从弄合村赶来。从弄合村骑摩托车到蓝云诊所，需要一个半小时。

蓝一铭问："拿手册了吗？"

蓝一铭说的是家庭医生签约服务手册，这本手册类似于帮扶干部的扶贫手册。每次蒙超英进屯入户，都要带上这本手册。每次要记录为群众检查身体、预约村里儿童打预防针等内容。

蒙超英生病后，记性有些差了，很多时候到了屯里才想起手册没拿，又叫蓝一铭往回跑一趟。如此几次，蓝一铭每次送蒙超英进屯入户前，总不忘提醒这一句。

"拿了，走吧。"已坐稳在摩托车后座的蒙超英，扬起手中的文件袋。

"那就坐好啦！"蓝一铭一轰油门，摩托车便"嘟嘟嘟"地奔驰在乡村水泥路上。

来到一处路段，摩托车停了下来。蒙超英扶着蓝一铭的肩膀，一脚站在后脚踏板上，另一条腿慢慢地跨下车来。

摩托车继续往坳口开去，蒙超英却要步行上山。

蒙超英沿着屯级路边一条崎岖山路爬上去。屯级路还没修通前，村民们都是走这条山路。蓝一铭第一次送蒙超英进屯入户，车开到这个地方，蒙超英就叫他停下来，让他到坳口等她，她从小路走上去。蓝一铭很是不解，以为是她担心他这烂摩托驮不动她上这个坡。不过蓝一铭没问，他是一个嘴巴严实的人，他把摩托车开到了山坳口。

只有蒙超英心里明白，这是她怀念丈夫的一种方式。这条崎岖山路，是蓝云生前经常走过的地方，她也要经常走走。她一走，就感觉蓝云走在她的前面，浑身一下子就有了劲儿。

蒙超英背着药箱，提着装满家庭医生签约服务手册的文件袋，踽踽独行在山路上。她边走边看她的脚步，每走一步，是不是踩在了丈夫曾经踩过的地方，因为她向上迈出的每一步，都是丈夫曾经的足迹。

这些年来，蒙超英时刻牢记丈夫的嘱托，真正用心、用情、用生命履行一名乡村医生的职责，自己在接受治疗的同时，也在治疗他人。在弄丛村的大山里，在丈夫走过的每个地方，处处留下她孱弱娇小的身影。2013 年，在中央电视台“寻找最美乡村医生”大型公益活动中，蒙超英被评为“特别关注乡村医生”。同年 7 月 1 日，蒙超英光荣地加入了中国共产党。2018 年 5 月，蒙超英被评为“2018 年度全国向上向善好青年”……荣誉和职责，给了她精神上无尽的动力。

然而，为了做血透，蒙超英的物质生活陷入了极度艰难的境地。

周末晚上，儿子蓝胤睿从学校回来。胤睿已长成一个小伙子了，在大化实验中学读初三，7 月份就要中考了。

胤睿不是回到弄丛村，而是回到他们在县城的家。丈夫生前按揭在大化县城买了一套小小的房子，胤睿周末就回到这个房子住。蒙超英还未开口，泪水先流了下来。懂事的胤睿就说：“妈，有什么话你就讲吧。”

蒙超英哽咽道："妈要把这个房子卖了。"

胤睿忍不住哭了："房子在，感觉爸爸还在；房子没了，爸爸真的没了。"

做血透很痛苦，身体很容易透支。不管是身体上，还是经济上，蒙超英都承受着巨大的压力。她把本来每周做3次血透减少到每周做两次后，压力也还是没减下来。每一次到县人民医院去做血透，她都要早早起床，从村里出来，需要转3次车，坐4个小时的车才到县城。如果当天来不及赶回村里，就得在县城住宿一晚，第二天才能回到村里。县城的家卖了，只能到旅店去住，住最便宜的旅店。更为关键的是她没有那么多时间那么多精力跑县城，蓝云诊所每天都要开门，村里患病的群众每天都需要她。然而她不做血透，那就意味着什么？那晚跟胤睿商量到最后，胤睿说如果不卖房子，他就没了妈妈……

这些年来，蒙超英作为全国创先争优的优秀共产党员、"人民健康好卫士"蓝云的遗孀，大化县委、县人民政府对她的生活身体健康尤为照顾，把她纳入板升乡卫生院作为政府购买公益性岗位工作人员，同时让她兼任板升乡弄丛村村医，每个月的收入有3600多元，保证了她的生活经费来源稳定。同时，为她开通就医绿色通道，给予特殊照顾（随到随医，优先就诊，不排队、不挂号、不收押金），并按在职职工政策给予报销；把她列为党内帮扶关怀经常性走访慰问对象，每年的"七一"、春节，组织部门都给予她阳光般的温暖，共给她送去20000多元的慰问金；将她作为低收入人群，给予一年一次的临时救助。而村里的一些群众知道蒙超英患有尿毒症，经常五十一百块地资助她，聊表自己的心意。

蒙超英走上坳口，继续坐上蓝一铭的摩托车，一路驶到后洞屯。

走访户主罗兴享的家门敞开着，蒙超英走进去招呼道："罗哥，在家吗？"

蓝一铭寸步不离地跟在蒙超英身后。

罗兴享 50 多岁的老婆田细英，患有精神疾病，是蒙超英定期走访的对象。有一次蒙超英来走访，问了几声无人应答，刚转身要出门，突然一双有力的手从后面牢牢地抱住了她的腰。蒙超英惊恐得尖叫起来，随之而起的是一长串得意的爽朗的笑声。听到喊叫声，在屋外等候的蓝一铭急忙冲进去，费了好大的劲儿才把那双环抱蒙超英的手掰开。

蒙超英嘀咕道："门开着，人去哪儿了？"

"我在呢。"田细英从昏暗里出现，"姐，你来啦。"

蒙超英小心翼翼地问道："你按时吃药了吗？"

田细英说："姐，兴享每天都给我吃了。"

蒙超英打开药箱，拿出血压测量仪对田细英说："我给你量血压哦。"

田细英说："好。"她安安静静地坐到蒙超英跟前。

罗兴享从外面回来，问蒙超英道："她没吓着你吧？"

蒙超英说："没有，她好着呢。"

蒙超英递给罗兴享两盒药："记得按时给她服药。"

走出门来，蒙超英对着田细英招了招手："走啦！"

田细英右手抬起，朝蒙超英竖起大拇指……

后记

写完蒙超英这个章节最后一句，我的心情还没平复下来。从开始写她的第一个字起，我就为她担心，我写的时候是这样担心，往后也继续这样担心下去。她太艰难了，太不容易了——这是一次不同寻常的经历与体验，也是一次心灵不断被洗礼的过程。从 2021 年春节到现在，在整整 3 个月的创作中，我每天都被这 19 朵美丽的花儿的故事感动得泪流满面。

其实感动从 2020 年 10 月 23 日就开始了。从这天开始，我和我的同事融斌先后深入大化瑶族自治县的六也、七百弄、羌圩、雅龙、岩滩、北景、乙圩、都阳、板升、大化等 10 个乡（镇）20 个村（社区）采访，到 2021 年 2 月 25 日采访结束，历时 4 个月。我们总共采访了 25 名农村（社区）女共产党员，记录了 14 万字采访笔记。她们当中有村（社区）党支部书记，有驻村第一书记，有全国劳动模范，有全国助残先进个人，有致富能人，有村医，有特色种养殖大户，有民办幼儿园园长，还有民营养老院院长。她们各有各的故事，各有各的性格，各有各的名字，但她们都有一个共同的姓，姓党。她们都是党的女儿。在她们的身上，都有一个共同的特性，那就是对党忠诚，热爱人民，坚忍不拔。她们听从党的召唤，服从组织安排，扎根基层第一线，牢记初心，情系百姓，任劳任怨，默默奉献。她们用责任、奉献和情怀铸就的人格魅力，实在令人钦佩。她们是伟大的新时代的骄傲，是无数个普通基层共产党员的优秀代表，我们为党为国家有这样的优秀女儿感到无比自豪。

在采访过程中，我们常常因山花们的故事而流泪；在创作过程中，我们的情绪也常常因此难以自持。因创作时间有限，没能把另外6名女共产党员的故事也记录在本书中，不能不说是个遗憾，谨向她们表示深深的歉意。

本书能够顺利完成采访、创作，得益于中共大化县委、县人民政府，县委组织部，县委宣传部，县文联，县融媒体中心，以及六也、七百弄、羌圩、雅龙、岩滩、北景、乙圩、都阳、板升、大化等10个乡（镇）20个村（社区）的大力支持和帮助，在此谨向他们表示衷心的感谢。

谨以此书献给伟大的中国共产党成立100周年！

2021年5月20日于金城江